KB054757

명문동양문고 20

韓非子

한비자 (上)

김학주 譯

明文堂

범례凡例 ─────────────────────────────────────

　1. 이 번역은 「韓非子」 55편 가운데서 중요하지 않은 부분은 생략한
　　　초역(抄譯)이다. 그러나 생략된 부분에 대하여도 간단한 설명을
　　　붙였으니 전체 내용을 파악하는 데엔 별 지장이 없을 줄로 안다.
　2. 번역은 송건도본(宋乾道本)을 바탕으로 교석을 가한 왕선신(王先
　　　愼)의 「한비자집해(韓非子集解)」를 중심으로 하고 진계천(陳啓天)
　　　의 「한비자교석(韓非子校釋)」을 대조하면서 필요할 때엔 그때그
　　　때 여러 학자들의 업적을 참고하였다.
　3. 역문은 될 수 있으면 쉬운 현대말을 쓰면서도 원문의 어순(語順)
　　　이나 어법(語法)을 따르기에 힘썼다.

목차

1. 「한비자(韓非子)」의 의의(意義)

「한비자」는 제자백가(諸子百家) 중에서도 법가(法家)를 대표하는 책이다. 제자백가란, 대략 B.C. 700년부터 200여 년전에 걸친 춘추전국시대(春秋戰國時代)를 통하여 활약했던 수많은 사상가들을 가리킨다. 이들은 주(周)나라 왕실이 쇠약하여지자 각 지방의 제후(諸侯)들이 들고 일어나 약육강식(弱肉强食)하던 어지러운 세상을 구하려는 자기 나름의 경륜(經綸)을 지녔던 사람들이다. 공자(孔子)와 맹자(孟子)가 대표하는 유가(儒家)들은 어짐과 의로움(仁義)으로 어지러운 세상을 바로잡으려 하였고, 노자(老子)와 장자(莊子)가 대표하는 도가(道家)들은 자연에 동화됨으로써 인간의 혼란을 막으려 하였고, 묵자(墨子)가 대표하는 묵가(墨家)들은 모든 사람을 다 같이 사랑하며 검소하게 부지런히 일함으로써 사람들이 잘 살 수 있는 세상을 건설하려 하였고, 이 밖에도 명가(名家)·음양가(陰陽家)·종횡가(縱橫家)·농가(農家)·잡가(雜家) 등 무수한 학파가 번거롭게 자기네 주장을 내세웠다.

그러나 이 대부분의 사상가들은 춘추전국시대란, 어지러운 현실을 외면하고 자기네 이상(理想)에 치우친 나머지 실제로 자기의 주장을 실현하여 성공을 거두지 못하였다. 다만 「한비자」가 대표하는 법가들의 사상은 어지러운 현실을 어떻게 하면 좀 더 잘 다스릴 수 있느냐 하는 실질적인 문제에 집착하였으므로 그 시대 정치를 통하여 큰 성공을 거두었다. 한비(韓非) 이전에도 이미 법의 만능을 믿는 한(韓)나라의 신불해(申不害)·진(秦)나라의 상앙(商鞅)을 비롯하여 위(魏)나라의 이회(李悝)·제(齊)나라의 관중(管仲) 등이 엄한 형벌과 술수(術數)로서 각기 자기가 맡은 나라들을 부강하게 하였었다. 그리고 전국시대 말기에 천하를 통일하여 대제국(大帝國)을 건설했던 진나라는 완전히 이사(李斯)와 한비를 중심으로 한 법가사상을 실천한 데서 그런 성과를 거둘 수 있었던 것이다. 법가사상이야말로 분열과 상쟁(相爭)이 계속되어 온 전국시대를 매듭짓고 천하를 통일하는 데 가장 유효한 사상이었기 때문일 것이다.

한비의 사상이 이처럼 실질적으로 성공을 거둘 수 있었던 것은 그가 신불해와 상앙의 법술(法術)을 아울러 계승하는 한편 다른 학파들의 학설도 현실에 적용할 수 있는 장점이 있으면 주저없이 받아들였기 때문이다. 그는 유가에 속하는 순자(荀子)에게서 예(禮)를 배움으로써 형식과 위엄을 존중할 줄 알게 되었고, 노자(老子)에게서는 도(道)의 사상을 받아들여 그의 철학적인 바탕을 삼았다. 중국사상의 이대주류(二大主流)인 유가와 도가사상을 받아들였다는 것은 그가 제자백가들의 사상을 집대성(集大成)하여 현실적으로 활용했음을 뜻한다. 그 밖에 명가(名家)로부터는 형명술(刑名術)을, 묵가(墨家)로부터는 이(利)와 용(用)의 방법을, 병가(兵家)로부터는 엄한 군율(軍律)과 술책(術策)을 배웠다.

한편 냉혹하고도 엄격한 한비의 사상은 자연 어짐(仁)을 주장하는 유가들의 사상과는 극단적인 대립을 이루게 된다. 따라서 「한비자」를 읽어 보면 유가에 대한 통렬한 비판을 전편을 통해서 느낄 수 있다. 유가사상이 사회윤리의 바탕이 되어 온 중국사회에서 이러한 한비의 과격한 사상이 그대로 용납되기는 어려운 일이다. 그리하여 근 천 년의 중국 역사를 통하여 「한비자」는 언제나 금서(禁書) 목록에 걸핏하면 끼어들었었다. 그러나 투쟁을 통한 어려운 현실의 극복에 동양사상이 약점을 갖고 있다면, 「한비자」가 제자백가들의 사상을 집대성하여 현실적인 성공을 거두었었다는 점을 제외하더라도 더욱 읽어 보고 음미할 가치를 지니게 된다.

2. 한비(韓非)의 생애(生涯)

한비는 한(韓)나라 제후의 아들 중의 한 사람으로 B.C. 280년 전후에 태어났다(錢穆 교수說). 진천균(陳千鈞)에 의하면, 희왕(釐王)이나 환혜왕(桓惠王)의 아들일 가능성이 많다고 한다. 비록 왕실에 태어나기는 하였지만 나면서부터 반벙어리여서 주위 사람들과 어울리지 못하고 외롭게 자라났다. 반벙어리였기 때문에 귀족사회에 어울리지 못하고 외롭게 살았다는 사실은 그의 성격 형성에 많은 영향을 주었을 것이다. 그의 문장 속에서 느껴지는 울분이나 냉혹한 법가정신(法家精神)은 이러한 그의 주위 환경이 도움을 주었을 것이다.

그는 후에 진나라의 재상(宰相)으로 뒤에 이름을 떨친 이사(李斯)와 함께 순자(荀子)에게서 학문을 닦았다. 한비는 순자에게서 유가의 전통사상보다도 예(禮)의 외형적인 규제(規制)를 배워 이것을 법치사상으로 발전시켰다. 물론 그가 법을 중시하게 된 데에는 한비보다 약 100년 전의 한나라의 명재상이었던 신불해(申不害)의 영향이나 진나라의 상앙(商鞅) 같은, 법술(法術)로써 정치실적을 올린 사람들의 존재를 무시할 수는 없을 것이다. 그러나 유가 중에서도 현실에 대한 인식이 예리하였던 그의 스승 순자는 그로 하여금 현실 문제를 해결할 수 있는 직접적이고도 실질적인 방법을 모색하게 하였을 것이다.

그는 말은 잘 못하였지만 글을 잘 썼다고 한다. 그리하여 한나라가 날로 쇠약해지는 것을 눈으로 보고는 자주 한나라 임금에게 나라를 바로잡는 방책을 글로 간하였다 한다. 그러나 임금은 그의 건의를 받아들이지 않았다. 여기에 무너져가는 조국에 대한 우수(憂愁)와 자기의 뜻을 펴지 못하는 울분이 쌓여 고분편(孤憤篇)·오두편(五蠹篇) 같은 많은 논설이 이루어졌다. 이러한 한비의 글은 진나라의 시황제(始皇帝) 손에까지 들어가 진시황은 한비의 글을 읽고 그의 멋진 논리에 감격하였다. 사마천(司馬遷)의 「사기(史記)」 노장신한열전(老莊申韓列傳)을 보면 진시황은 고분편과 오두편의 글을 읽고

「아아, 나는 이 사람을 만나 함께 놀아본다면 죽어도 한이 없겠다!」고까지 말했다 한다.

이 무렵(B.C. 237, 진시황 10년경) 이사는 진시황을 설복시켜 한나라를 정벌하게 하였다. 이에 진시황은 이사를 시켜 한나라를 공격하게 하니, 한나라는 다급하여 거들떠 보지도 않던 한비를 불러 내어 진나라로 가서 시황제를 달래

도록 하였다. 한비는 진나라로 가서 지금 존한편(存韓篇)에 보이는 「한나라를 치는 것은 진나라에게 불리하다.」는 내용의 글을 올리고 진시황을 만났다. 진시황은 한비의 학설이 마음에 들어 그를 매우 환대하였다. 한비에게 흡사 행운이 열리는 듯이 보이기도 한 것은 이때이다.

그러나 여기엔 이사라는 비열한 친구가 있었다. 이사는 한비와 함께 순자에게 배운 처지인데도, 한비가 진나라에 벼슬하게 되면 자기의 재상자리가 위태로워질까 걱정이 되었다. 「사기」에 의하면, 이사는 진시황에게 다음과 같은 말로 고자질을 하였다.

「한비는 한나라 임금의 아들입니다. 지금 임금님께서는 천하를 통일하려 하시는 데 한비는 결국은 한나라를 위하지 진나라를 위하지는 않을 것입니다. 이것은 바로 인정입니다. 지금 임금님께서 오랫동안 그를 붙들어 두었다가 돌려 보낸다는 것은 스스로 후환을 남기는 것입니다. 법에 따라 처형하는 게 좋을 것입니다.」

진시황은 그럴싸하게 여기고서 한비를 옥에 가두었다. 그러자 이사는 사람을 시켜 한비에게 독약을 보내어 자살하게끔 하였다. 한비는 자기 사정을 임금에게 호소하고자 하였으나 뜻대로 되지 않자 마침내 독약을 마시고 말았다한다.

그 시기는 서력 기원 전 233년, 진시황 14년경으로서 스승인 순자의 죽음과 거의 시기가 같다. 뒤에 진시황이 후회를 하고 그를 용서해 주려 하였으나 그것은 이미 한비가 숨을 거둔 뒤였다.

이상은 대략「사기」열전(列傳)의 기록에 의한 것으로 이보다 더 자세한 그의 생애는 알 길이 없다. 다만 한비는 진나라로 사신으로 와서는 죽을 때까지 상당히 오랫동안 진나라에 머물렀던 것 같다. 그 사이 그는 한나라를 위하여 진시황을 설복시키려고 임금의 눈치를 보며 무던한 애를 썼을 것이다. 한비는 이 경험을 통하여 유세의 어려움을 상세히 논한 세난편(說難篇)까지 썼으나 끝내는 유세에 성공하지 못하고 죽고 말았던 것이다.

한비의 사람됨은 냉혹하면서도 강직하였던 것 같다.「초(楚)나라는 오기(吳起)를 등용하지 않았기 때문에 나라 땅을 빼앗기고 어지러워졌었다.」(문전편)고 하면서 법술을 지닌 선비를 알아 주지 않는 세상에 대한 울분을 도처에서 토하고 있으면서도 구차히 자기의 목적을 달성할 생각은 하지 않았다. 문전편(問田篇)을 보면 당계공(堂谿公)이,

「초나라는 오기를 등용하지 않았기 때문에 나라 땅을 빼앗기고 어지러워졌으며, 진나라는 상앙(商鞅)을 등용한 덕

분에 부강해졌다 하셨습니다. 그러나 오기는 사지를 찢기우고 상앙은 수레에 몸을 매어 찢겨 죽었습니다. 임금을 잘못 만나면 이 꼴이 되는데, 선생은 어째서 또 위태로운 길을 택하셨습니까?」

하는 내용의 질문을 하였을 때 한비는 다음과 같은 대답을 하고 있다.

「제가 법술을 내세우고 법도를 제정하려 하는 것은 백성들을 이롭게 하고 사람들을 잘 살게 하는 길이라 생각하기 때문입니다. 그러므로 몽매한 임금을 만나게 되고 재난을 당한다 하더라도 야비하게 죽음이 두려워 백성들의 이익을 외면하는 짓은 할 수 없습니다.」

그리고 또 고분편에서는,

「법을 아는 사람은 반드시 강하고 굳세며 힘 있고 곧다. 힘 있고 곧지 않으면 간악함을 바로잡을 수가 없다.」

고 하였는데, 이것은 바로 자신의 성격을 얘기한 듯하다.

어떻든 한비가 죽은 지 3년 만에 한나라는 진나라에게 멸망당하고 만다. 한(漢)대의 학자 왕충(王充)이 그의 명저인 「논형(論衡)」에서,

「한나라가 일찍이 공자(公子) 한비를 신임했더라면 나라가 기울어지지는 않았을 것이다. 만약 한비가 죽지 않았더

라면 진나라도 어떻게 되었을지는 알 수 없다.」

고 말한 것은 예부터 그 한 사람만의 의견이 아닐 것이다.

3. 전국시대(戰國時代)와 한(韓)나라

전국시대란, 춘추시대를 뒤이어 진시황(秦始皇)이 천하를 통일하기까지(B.C. 402~B.C. 221)의 약 200년간을 말한다. 「춘추」란 명칭은 공자가 지은 「춘추(春秋)」라는 역사책에서 따왔고, 「전국」이란 명칭은 한(漢)나라 유향(劉向)이 편찬한 「전국책(戰國策)」이란 역사책에서 따온 것이다.

주(周)나라 왕실의 실력은 이미 춘추시대부터 쇠약하였지만, 그래도 춘추시대엔 170에 달하는 제후의 나라들이 있었고, 또 이들을 이끄는 패자(覇者)들이 차례로 나타나 주나라 왕실을 중심으로 한 천하의 질서를 유지해 갔었다. 그러나 전국시대로 들어오면 그러한 질서를 유지하는 중심세력이 없어져 버리고 완전히 약육강식(弱肉强食)의 혼란시대로 들어간다. 오랫동안 대국(大國)으로 군림해 오던 중원(中原)의 진(晉)나라와 산동(山東)의 제(齊)나라가 그들의 신하들에게 임금자리를 빼앗기고, 오랜 전통을 지닌 작은 나라들은

모두 그보다 큰 나라에 먹히어 버린다. 진(晉)나라가 한
(韓)·조(趙)·위(魏)의 세 나라로 쪼개지고 나머지 중국 땅
은 진(秦)·초(楚)·연(燕)·제(齊)의 네 나라가 차지하여 이
른바 전국칠웅(戰國七雄)이 나타난다.

이 중에서도 진나라 효공(孝公)은 죄의 연좌제도(連坐制
度) 등을 포함한 상앙(商鞅)의 변법(變法)을 채용하며(B.C.
359) 이들 칠웅(七雄) 중 가장 부강한 나라가 되었다. 진나
라가 점점 뛰어나게 강하여지자 상잔(相殘) 속에서나마 묘
하게 유지되어 오던 세력균형이 무너지기 시작하였다. 이
러한 시세(時勢)에 응하여 생겨난 것이 이른바 종횡가(縱橫
家)이다. 먼저 소진(蘇秦)이란 사람은 진나라를 제외한 여섯
나라를 돌아다니며 임금들을 설복시켜 여섯 나라가 힘을
합쳐 진나라를 대항함으로써 나라의 명맥을 유지해나가도
록 하였다. 이것이 이른바 합종책(合縱策)이다. 그러자 장의
(張儀)란 사람은 여섯 나라의 연합을 이간질로 무너뜨리며
강한 진나라와 손을 잡아야 나라를 오래도록 지탱해 나갈
수 있다고 설복하였다. 이것이 이른바 연횡책(連橫策)이다.
이 장의의 외교에 힘입어 진나라는 원교근공책(遠交近功策)
을 써서 여섯 나라를 하나하나 멸망시켜 마침내는 천하를
통일할 수 있었던 것이다.

한비의 조국인 한나라는 이들 「전국칠웅」 중에서도 가장 작고 약한 나라였다. 나라 땅은 사방 천리도 못 되는데 다가 서쪽엔 진나라, 동쪽엔 제나라, 북쪽엔 위나라, 남쪽엔 초나라와 접경하고 있었다. 이처럼 작고 약한 나라가 여러 강한 나라들 틈에 끼어 있어서 처지가 언제나 어려웠다. 진나라가 나머지 여섯 나라를 상대로 싸움을 벌이게 되면 한나라가 가장 먼저 피해를 입었고, 여섯 나라가 연합하여 진나라를 공격할 적에는 또 그 선봉(先鋒)이 되어야만 하였다.

　한나라 소후(昭侯) 때엔 한동안 신불해(申不害)라는 명재상이 나타나 술법(術法)으로 나라를 다스리어 외국이 침범하는 일이 없었던 때도 있었다. 그러나 합종책을 따르던 연횡책을 따르든 간에 어떻든 작고 약한 한나라의 처지는 언제나 어려웠다. 한비 자신이 존한편(存韓篇)에서,

　「한나라가 진나라를 섬긴 지는 30여 년이 되었습니다. 나아가서는 곧 방패가 되어 주었고 들어와서는 깔개가 되어 왔습니다. 진나라가 특히 정예군대를 내어 다른 나라 땅을 빼앗을 적에는 한나라는 이를 따라 도와서 천하의 원한을 가로맡았고 공은 진나라로 돌아갔습니다. … 한나라는 조그만 나라인데도 천하에 호응하여 사방을 칠 적에는 임금은 욕을 당하고 신하들은 고생을 하여 위아래가 다 같이

걱정하여 온 지 오래되었습니다.」

하고 진시황에게 말하고 있다.

이처럼 어려운 현실을 눈앞에 두고 고심한 나머지 한비는 합종책이나 연횡책이나 모두 나라를 구하는 방법은 되지 못한다(오두편). 약한 한나라를 구하려면 엄한 법으로 백성들을 다스리어 나라의 온 힘을 외곬으로 동원함으로써 부강하여지지 않으면 안된다고 생각하게 된 것이다. 한비의 법가사상은 전국시대의 혼란과 한나라의 어려운 현실을 배경으로 발전한 것이다.

4. 한비(韓非)의 사상(思想)

① 법치사상(法治思想)의 근원(根源)

한비의 법치사상의 근원은 그의 스승인 순자의 「성악설(性惡說)」에서부터 더듬어 올라가야만 할 것 같다. 순자가 성악설의 심리적인 기초로서 사람들의 이기적인 욕망을 내세웠던 것처럼 한비도 사람이란 이기적인 욕심을 지녔음을 주장한다. 순자는 이러한 사람들의 욕망을 「예(禮)」로써 다스리지 않으면 안된다고 생각하였는데, 한비는 「예」로써는 불충분하다. 좀 더 강력한 제재(制裁)를 가할 수 있는 「법」이 아니면 안된다고 생각하였다. 굽은 나무도 불로 찐 다음 땔나무로 바로잡을 수 있고 또 바른 나무도 굽히어 수레바퀴를 만들 수 있다. 사람의 비뚤어진 성격은 법으로써 바로잡아 다스리지 않으면 안된다.

그의 생각으로는 사람의 행동은 모두가 이기적인 이익이 기본 동기가 되고 있다. 의사가 환자의 더러운 상처를 심지어 빨기까지 하는 것은 그 사람을 위하여가 아니라 돈을 벌기 위해서다. 수레몰이는 온 세상 사람들이 다 부자가 되어 누구나 수레를 타기 바라는데, 그것도 사실은 자기의 이익을 위해서이다. 장의사에선 세상 사람들이 많이 빨리 죽어 많은 관이 팔리기를 바란다. 심지어 자식과 부모 사이까지도 그렇다. 부모가 어릴 때 자식을 소홀히 키우면 자란 다음 부모를 원망한다. 반대로 자식이 자라서 부모를 잘 봉양하지 않으면 부모들은 화를 낸다. 심지어 아들을 나면 좋아하고 딸을 나면 슬퍼한 나머지 죽여 버리는 일까지 있다. 이것은 모든 사람의 행동이 이기적인 이익을 바탕으로 한다는 것을 증명한다. 사람의 이기적인 욕망이 이처럼 강한 것이라면 엄한 법으로써 이들을 제어(制御)하여 세상을 다스리지 않으면 안된다는 것이다.

법을 존중하는 법가사상은 물론 한비에게서 비롯된 것은 아니다. 제(齊)나라의 관중(管仲) · 정(鄭)나라의 자산(子産) · 위(魏)나라의 이회(李悝) · 초(楚)나라의 오기(吳起) 같은 명정치가(名政治家)들은 모두 엄한 법령으로써 나라의 질서를 유지한 법가의 선구자들이라고 볼 수 있다. 그들 중에서도 가장 직접적인 영향을 준 사람들은 진나라를 부강하게 한 상앙의 법치주의와 한나라 신불해(申不害)의 「술(術)」의 응용과 조(趙)나라 신도(愼到)의 「세론(勢論)」이라 할 것이다.

상앙은 본시 오기(吳起)와 같은 위(衛)나라 사람인데 「사기」에 의하면, 그는 「어려서부터 형명(形名)에 대한 학문을 좋아했다.」 한다. 「형명」이란 이 시대 논리학파(論理學派)의 중요한 명제의 하나로서 형식(形)과 실지 명목(名)을 부합시킨다는데 요점이 있다. 그것은 법가들에게 있어서는 이론의 엄격한 실천 문제로 화하여 법치주의와 결합하게 되는 것이다. 이것은 그에 앞선 오기나 이회의 영향이라 볼 수 있을 것이다. 처음에 그는 위(衛)나라로 가서 중서자(中庶子)란 벼슬을 하였으나 이에 만족치 못하고 진나라로 가서 효공(孝公)을 설복시켜 변법(變法)을 시행하였다. 그의 변법이란 백성들의 사사로운 이익의 추구나 개별적인 일체의 행동을 막고 국가의 이익과 실력을 위하는 전체적이고도 엄격하고 철저한 것이었다. 예를 들면, 열 집 또는 다섯 집을 단위로 반을 편성하여 그 한 반에서 일어나는 범죄는 연좌(連坐)로 공동책임을 지도록 하였다. 잘못된 짓을 하는 것을 알면서도 이를 고발하지 않는 자는 허리를 잘랐다. 반대로 이를 고발하는 자에게는 적의 목을 친거와 같은 상을 주었다. 죄인을 비호한 자에게는 적에게 항복한 거나 같은 형벌을 내렸다. 공로가 있으면 벼슬을 올려 주고, 사사로이 싸우는 자는 모두 처벌하였다. 그 밖의 경제정책이나 군사정책에 있어서도 이와 비슷한 엄격하고도 철저한 법에 의한 통치를 단행하였다. 그 결과 진나라는 다른 여섯 나라를 제압할 만한 부강한 나라로 성장한 것이다. 그의 이론은 「상자(商子)」 29편으로 저술되어 세상에 큰 영향을 끼쳤다. 「한비자」에서도 「나라 안 사람들은 모두 정치를 얘기하며 집집마다 관중(管仲)과 상앙의 법서(法書)를 가지고 있다.」고 말하고 있다. 한비가 이 상앙의 법치사상에 큰영향을 받았음은 의심의 여지가 없다.

신불해는 한비보다 약 100년 전 한나라를 통치한 상앙과 같은 시대의 명재상(名宰相)이다. 「사기」에서 「신불해의 학문은 황제와 노자에 근본을 두고 있고 형명(形名)을 위주로 하고 있다(老莊申韓列傳).」고 하였다. 이곳의 「형명」이 바로 그의 「술」이다. 형식(形)과 명목(名)을 부합시킨다는 「형명학」은 신불해에 이르러는 신하들의 이론과 비판을 그들의 행동과 일치시키는 기술로 발전하였다. 신하들이 한 말을 검토하고 추구함으로써 신하들을 제어(制御)하여 임금 자리를 안정시킨다는 것이다. 그 밖에 그의 「술」에는 임금의 감정이나 뜻을 여러 신하들에게 보여줘서는 안되며, 또 신하들에 대하여는 비밀을 지켜야 한다는 등 여러 가지 기술적인 문제가 포함된다. 다시 말하면, 신불해의 「술」이란 신하들을 잘 조종함으로써 임금의 자리를 확보한다는 데 목적이 있는 것이다.

한비는 상앙의 「법치」에다 신불해의 「술」을 보태어 한층 더 완벽한 법가사상을 이룩하였다. 그 자신이,

「상앙의 뛰어난 방법으로 진나라는 부강해졌다. 다만 신하들의 간사한 짓을 분별할 술책(術)이 없으면 그러한 나라의 부강도 신하들의 이익이 되고 말 따름이다.」(「한비자」 정법편)

고 말한 것은 바로 그 사실을 입증한다. 신하가 임금을 죽이고 아랫사람이 윗사람을 치기 예사였던 전국시대에 있어서는 무엇보다도 필요한 게 「술」이었는지 모른다. 신불해의 저술로는 「신자(申子)」 두 편이 있었다는데, 지금은 전하지

않는다. 어떻든 신불해의 신하를 부리는 술책이 한비의 사상에 큰 영향을 주었음엔 틀림없다.

신도(愼到)는 조(曹)나라 사람이지만 제(齊)나라에 오래 머물었으며, 맹자(孟子)와 거의 같은 시대의 사람이다. 그는 「권세」란 말로 표현할 수도 있는 세(勢)를 중시하였는데, 「한비자」난세편(難勢篇)에서 그의 이론을 적극 옹호하고 있다는 사실만으로도 군주의 권세에 대한 한비의 사상은 신도에 바탕을 두고 있음을 알 것이다. 신도는,

「나는 용은 구름을 타고 등뱀(騰蛇)은 안갯속을 노니는데, 구름 거치고 안개 개이면 용이나 등뱀은 지렁이나 개미와 같이 된다. … 요(堯)임금도 보통 남자였다면 세 사람도 다스리지 못했을 것이며, 걸(桀)왕도 천자가 되어서는 천하를 어지럽힐 수가 있었다. 나는 이로써 권세와 지위가 중요한 것이지 현명하고 지혜 있는 것 같은 것은 믿을 것이 못됨을 안다.」(난세편)

고 주장하였다. 따라서 정치를 하는 데 있어서 가장 중요한 것은 권세를 누가 어떻게 잡고 또 어떻게 하면 오래도록 지탱하느냐 하는 것이지, 현명한 사람이나 지혜 있는 사람을 찾고 있을 필요는 없다는 것이다.

한비는 신도의 이러한 「세」의 사상을 받아들여 그것을

순전한 인위적(人爲的)인 것으로 규정하고는 그것을 자기 법사상 체계의 중심에 올려 놓았다. 상앙의 법에 있어서는 그 법의 권리의 근원이 명확하지를 않다. 신도는 임금의 권세에서 보편적인 통치의 원리를 찾고 있는데, 이러한 그의 사상은 바로 상앙의 부족을 보충해 줄 수 있는 것이었다.

② 한비(韓非)의 법사상(法思想)

중국 학술사상 신불해나 신도도 보통 이회와 상앙과 함께 전기(前期)의 법가로 다루어지고 있다. 그러나 신불해의 「술」이나 신도의 「세」는 그 자체로서는 절대로 법사상이라고 할 수는 없는 것들이다. 한비의 계승을 거쳐 그들의 「술」과 「세」가 한비의 사상체계에 끼어듦으로써 비로소 그들도 법사상의 체계 속에 살아날 수가 있었던 것이다. 이러한 뜻에서도 한비는 법가사상의 집대성자(集大成者)라 하는 것이다.

그러한 한비의 법사상이란 도대체 어떤 것인가? 먼저 「한비자」를 보면, 그는 법을 다음과 같이 정의하고 있다.

「법이란 것은 글로 써서 문서화되어 관청에 비치(備置)되고 또 백성들에게 공포된 것이다. … 그러므로 법은 분명하여야만 한다. … 그래서 명철한 임금이 법을 공포하면, 곧 나라 안의 귀하고 천한 모든 사람들이 이를 듣고 알아야 한

다.」(난삼편)

따라서 이 법은 바로 나라를 다스리는데 기본이 되는 것이다.

「명철한 임금은 여러 신하들로 하여금 법의 밖으로 뜻을 두지 않게 하고, 법의 안에서 그들에게 은혜를 베풀지 아니하며, 모든 행동이 법에 벗어나지 않게 한다.」(유도편)

이것은 임금의 권세를 정점(頂點)으로 하여 제정된 법이 나라 안의 모든 사람들의 행동의 기준이 됨을 뜻한다.

한비는 이러한 법을 기준으로 하여 나라를 다스리자면 법의 근원이 되는 임금의 권세도 잘 보전되지 않으면 안된다고 생각하였다. 그 결과 신불해의 「술」을 이에 보태어 그는 「법술」이란 말을 나라를 다스리는 방법으로서 즐겨 쓰게 되었다. 정치에 관한 모든 일의 기준이 되는 법을 정해놓고 이를 잘 실천하기 위하여 임금은 「술」로서 신하들을 다스려야 한다는 것이다. 그 첫 단계로서 앞에서도 「모든 행동이 법에 벗어나지 않게 한다.」고 하였거니와 일체의 개인적인 동기나 행동은 엄격히 배제(排際)된다. 「한비자」를 보면,

「법령을 확립하는 것은 사사로움을 폐하기 위한 것이다. 법령이 시행되면 사사로운 방법은 폐지된다. 사사로움이란 법을 어지럽히는 원인이 되는 것이다. 그러므로 「본언(本言)

에 말하기를 『다스리는 원인이 되는 것은 법이고, 혼란의 원인이 되는 것은 사사로움이다. 법이 서면 사사로운 짓을 할 수 없게 된다.』 하였다. 그래서 사사로운 방법을 쓰는 자는 어지러워지고 법을 따르는 자는 다스려진다고 한 것이다.」

이처럼 개인적인 행동을 완전히 막는 절대적인 기준으로서의 법을 확정시킨 뒤에는 여기에 신불해에게서 빌어온 「술」을 보탠다. 「법」과 「술」의 관계를 잘 설명해 주는 글로 「한비자」에 다음과 같은 대목이 있다.

「어떤 사람이 물었다. 『신불해와 상앙 두 사람의 이론은 어느 것이 나라에 더 절실합니까?』 한비가 대답했다. 『그것은 재어볼 수가 없소. 사람은 열흘만 굶어도 죽게 되고, 추위가 한창일 때 옷을 입지 않으면 역시 죽소. 이때 옷과 음식 어느 것이 사람에게 더 절실한 것이라고 얘기할 수 있겠소? 곧 한 가지가 없어도 안되는 것이니 모두 삶을 보양(保養)하는 물건이기 때문이오. 지금 신불해의 「술」과 상앙의 「법」도…한 가지가 없어도 안되는 것이니 모두 제왕(帝王)의 기구(器具)이기 때문이오.』 다만 「술」만 알고 법을 모른다면…관청에 법이 잘 지켜지지 않을 것이다. … 다만 법만 알고 술은 모른다면 … 임금은 간악함을 알아낼 재간이 없을 것이다.」(정법편)

그러면 구체적으로 「술」이란 무엇인가? 한비가 내린 정의(定義)는 다음과 같다.

「술이란 임무를 따라 벼슬을 주고 명목을 따라서 내용을 따지며, 죽이고 살리는 실권을 다루고 여러 신하들의 능력을 시험하는 것이다. 이것은 임금이 쥐고 있어야만 하는 것이다.」(정법편)

「술이란 가슴속에 감춰 두었다가 여러 가지 일의 발단에 대처함으로써 남몰래 여러 신하들을 제어하는 것이다.」(난삼편)

「술」이란 바로 신하들을 다루는 술책이라 보아도 좋을 것이다. 그래서 「한비자」를 보면 임금은 신하에게 본 마음을 내보여서는 안된다는 「무위술(無爲術)」·또 신하의 이론과 행동이 부합되는가 따져야 한다는 「형명술(形名術)」·남의 말만 듣지 말고 사실을 잘 검토해야 한다는 「참오술(參伍術)」·신하들이나 남의 말을 듣는 방법을 논한 「청언술(聽言術)」·사람을 등용하는 방법을 논한 「용인술(用人術)」등의 「술」에 관한 이론이 허다하게 보인다.

이러한 「술」을 알고 있으면 다음엔 절대적인 법의 권위로 모든 사람을 귀일(歸一)케만 하면 나라는 저절로 부강해진다고 믿었다. 한비가,

「법을 다스리는 지극히 명철한 사람은 모든 것을 법에 맡기지 사람에게 맡기지 않는다.」(제분편)

고 한 말은 사람 위에 법이 군림하고 있음을 강조한 것이다. 따라서 법은 현명한 신하보다도 더 중요하다.

「법도를 버리고 현명한 사람을 높이면 곧 어지러워지고, 법을 버리고 지혜 있는 사람을 임용하면 위태로워진다. 그러므로 법을 높이되 현명한 사람은 존중하지 않는다고 하였다.」(충효편)

따라서 「법술을 버리고 자기 마음으로 다스리려 한다면 요(堯)임금 같은 이라도 한 지방을 바로잡지 못할 것이다.」(용인편)고 생각하였고, 법을 가볍게 여기는 지혜 있는 자나 능력 있는 자는 오히려 위험한 존재라고 생각하였다.

「성인(聖人)의 도는 지혜와 기교(技巧)를 버리는 것이다. 지혜와 기교를 버리지 않으면 법도를 지키기 어려워진다.」(양최편)

「법을 따르면 절대로 안전하지만 지혜와 능력을 믿으면 실패가 많다.」(식사편)

한비의 법술은 이처럼 완전히 객관적인 것이어서 거기엔 또 다른 어떤 작위(作爲)가 가해질 필요가 없다. 그저 모든 일을 법에 따라 처리하고 법에 따라 해결하면 그뿐이라는 것이다. 다시 한비의 법사상을 요약하면, 첫째는, 통치의 권력은 절대적으로 임금에게 속하여야 한다는 바탕을 지니고 있다. 이것은 물론 신도의「세」사상을 계승 발전시킨 것이다. 둘째로는, 모든 정치행동과 백성들의 행동의 기준이 되는 엄격하고 냉혹한 법이 있어야 한다는 것이다. 이것은 상앙의 법사상을 계승 발전시킨 것이다. 셋째는, 임금은 이 법의 시행을 관리하는 신하들을 제어할 수 있는「술」을 지녀야만 한다는 것이다. 이것은 물론 신불해의 사상을 계승 발전시킨 것이다. 이 세 가지 요건이 갖추어지면 어떠한 개인적인 동기나 개인의 현명함 또는 지혜 같은 것을 개입시킬 것 없이, 객관적으로 엄정하게 법을 밀고 나가기만 하면 된다는 것이다.

③ 중형론(重刑論)

엄격한 법의 실천에 자연히 뒤따르게 되는 것은 무거운 형벌이다. 형벌이 무거워야만 백성들은 법을 범하지 않는다는 것이다. 예를 들면, 한 자락의 무명이 아무도 보지 않는 길거리에 떨어져 있다면 이를 본 대부분의 사람들이 그것을 주워갈 것이다. 그러나 뜨거운 불 속이나 모든 사람이 보는 시장 한복판에 백 냥의 돈을 놓아두면 비록 도척(盜跖)

같은 유명한 도적이라 하더라도 이를 집어가지 못한다. 그러니 사람이란 법을 어겨도 그 형벌이 대수롭지 않으면 쉽사리 죄를 짓게 되고, 형벌이 엄하면 그 이익이 크다 하더라도 감히 죄를 짓지 못한다. 그러므로 법으로 나라를 다스림에 있어서는 불처럼 뜨겁고 만인이 볼 수 있도록 공정한 형벌이 있어야 한다는 것이다. 물론 법을 잘 지키는 사람에게는 상도 주어야 한다.

「상은 법을 삼가는 사람에게 주고 벌은 법령을 어기는 자에게 가한다.」(정법편)

고 한비 자신이 말하고 있고, 또 상과 벌을 흔히 아울러 얘기하고 있지만 상보다 더 중요한 것은 벌이다. 그는,

「그의 법령과 금령(禁令)을 밝히고 그의 상과 벌은 반드시 준다.…이것은 절대로 망하지 않는 술책인 것이다.」(오두편)

「지극히 잘 다스려지는 나라에는 상과 벌만이 있지 기쁨과 노여움은 없다.」(용인편)

그리고 나라를 편히 하는 일곱 가지 술책(安術) 중에서도 「상과 벌이 옳고 그름에 따라 주어져야 한다.」고 상벌을 첫째로 꼽고 있다.(안위편)

그런데 이 상과 벌은 공정해야 한다. 그는,

「상을 너무 주는 나라는 백성을 잃고, 형벌을 너무 가하

는 나라는 백성들이 두려워하지 않는다. 상을 주어도 백성들을 독려하기에 부족하고 형벌을 가하여도 죄를 금하기에 부족하다면 비록 나라가 크다 하더라도 반드시 위태로워질 것이다.」(식사편)

고 한 말은 상벌이 적절히 주어져야만 한다는 뜻일 것이다. 이러한 상이나 벌은 자기 자신의 공로나 범죄에 의하여 주어지는 것이다. 그러기에 상은 반드시 주어져서 신용이 있어야 하고 죄에는 반드시 형벌이 가해져야만 한다. 따라서 형벌에는 절대로 용서가 있어서는 안되며 친하고 가까운 사람이나 대신을 막론하고 누구에게나 똑같이 주어져야 한다.

「죽음은 용서(容恕)없고 형벌은 용사(容赦)가 없어야 한다. 죽음을 용서하고 형벌을 용사하는 것을 위세를 함부로 쓴다고 말하는 것인데 국가가 위태로워질 것이다.」(외저설 좌하편)

「진실로 공이 있으면 비록 멀고 천한 사람이라 하더라도 반드시 상을 주어야 하며, 진실로 잘못이 있다면 비록 가까운 사랑하는 사람이라 하더라도 반드시 처벌해야 한다.」(주도편)

「잘못을 처벌함에 있어서는 대신도 피하지 않고, 잘한 것을 상줌에 있어서는 보통 사람도 빠뜨리지 않는다.」(유도편)

이것은 모두 개인감정을 떠난 객관적이고도 엄정한 상벌의 시행을 주장한 말이다. 그러면서도,

「형벌이 성하면 백성들이 안정되고, 시상이 번거로우면 간악함이 생겨난다.」(심도편)

고 하면서, 후한 상을 주는 것보다는 무거운 형벌을 주는 편이 더 중요함을 역설하고 있다. 이 형벌은 백성들을 괴롭히는 것이 아니라 악한 자들을 처벌하는 것이므로 악한 자들을 없애어 백성들을 행복하게 만드는 것이다. 그렇지만 유가들이 주장하는 어짐(仁)의 세계에서 보면 그것은 가혹한 것임에는 틀림없다. 「논어」를 보면, 양을 도적질한 아버지를 고발한 아들에 대하여 공자는 다음과 같이 비난하고 있다.

「아비는 자식을 위하여 숨기고, 자식은 아비를 위하여 숨겨 준다. 그 숨겨 주는 데에 의로움이 있다.」

그러나 한비는 국가의 이익을 위하여 제정된 법은 어떠한 개인의 감정에 의하여서도 금해질 수 없는 것이라고 주장하면서 그러한 공자의 태도를 비판한다. 아버지와 아들 사이라 하더라도 서로 죄를 숨겨주다 보면 나라의 법이 무너진다. 법의 시행에는 부자간의 사랑이나 동정 같은 것도 개입되어서는 안된다는 것이다. 이러한 한비의 법의 실증주의(實證主義)는 법률사상으로써 커다란 진보라고 할 수 있

을 것이다.

④ 역사철학(歷史哲學)

이러한 한비의 법사상의 밑바닥에는 또 한 가지 그의 적극적인 역사철학이 있다. 중국 역사는 황제(黃帝)의 개국(開國)으로부터 시작하여 전국시대에 이르기까지 이미 2000여 년의 역사가 있었다. 이 시대의 사상가들은 모두 춘추전국 시대의 현실에 대하여 불만을 지니고 있었으므로, 역사에 대한 견해는 두 가지 큰 파벌로 갈라졌다. 하나는 역사에 대하여 부정적이고 비관적인 견해를 가진 일파이다. 그들은 중국 역사는 점점 퇴화하여 살기 어려운 세상으로 변해갔다. 따라서 이 세상을 평화로운 세계로 만들기 위하여는 옛날의 정치를 본받아야 한다는 것이다. 이러한 복고주의(復古主義)는 유가가 대표한다. 반대로 하나는 역사를 긍적적이고 낙관적인 면에서 파악하는 일파이다. 이들은 역사란 진화하는 것이므로 그 시대는 모두 그 시대의 특징이 있다. 세상을 잘 다스리기 위하여는 그 시대에 알맞는 새로운 방법을 창안(創案)하지 않으면 안된다는 것이다. 이러한 진보주의(進步主義)는 법가가 대표한다. 따라서 유가에서는 「요·순을 본뜨고 문왕(文王)과 무왕(武王)의 다스림을 밝힌다.」

는 깃발을 내세웠고, 법가들은 「세상의 일들을 따져서 그에 따라 적절히 대비한다.」는 구호를 내세웠다.

「한비자」 오두편(五蠹篇)을 보면, 이러한 역사의 진화 관념을 첫머리에 논하고 있다. 상고시대(上古時代)에는 사람이 사는 집을 처음 만든 사람이 유소씨(有巢氏)라 하여 천자가 되기도 하고, 불의 이용을 처음 가르친 사람이 수인씨(燧人氏)라 하여 천자가 되기도 하였다. 중고시대(中古時代)에는 도랑을 파서 홍수를 다스려 임금이 된 우(禹)임금이 있다. 근고시대(近古時代)엔 임금이 포악하다 하여 이들을 죽이고 자기가 대신 임금이 된 탕(湯)임금과 무왕(武王)이 있다. 그런데 만약 상고시대의 일을 중고시대에 하거나, 중고시대의 일을 근고시대에 하거나, 근고시대의 일을 현대에 하려든다면 모두 비웃음거리밖에는 되지 않을 것이다. 그러니옛날 일을 본받으려는 사람들은 모두 어리석은 사람들이다. 「세상 일은 따져서 거기에 따라 적절한 대비를 하지 않으면 안된다.」는 것이다.

따라서 유가들이 성인이라 주장하는 요·순이나 탕임금·무왕에 대하여도 한비는 견해를 달리한다. 요임금은 어진 순에게 임금자리를 물려 주고 순임금은 우(禹)에게 임금자리를 물려준 이른바 선양(禪讓)을 유가들은 대단하게 얘기하지만 사실을 알고 보면 아무것도 아니라 한다. 그때는 궁전이라야 초라한 초가집이었고 먹는 것 입는 것도 모두 시원찮았다. 그런 임금 자리란 지금의 한 고을 수령(守令)보다도 훨씬 못한 자리라는 것이다. 아무런 이익도 없는 자리를 물려 준 게 무엇이 대단하냐는 거다. 따라서 그는 성인(聖人)의 필요성까지도 부정한다. 요·순 같은 성인은 천세(千世)에 한 사람 정도 나오고, 걸·주 같은 폭군도 천세에 한 사람 정도 나온다. 반드시 성인이 나와야만 나라가 다스려진다면 결국은 천세에 한 번 다스려질 정도에 그치게 될 것이다. 폭군이 나와서 세상이 어지러워진다 해도 그것은 천세에 한번 어지러워지는 것이 된다. 그러니 성인도 믿고 있을 게 못되지만 폭군도 너무 두려워할 게 없다. 언제나 그 시대의 사정을 살펴서 그 시대에 알맞은 대책을 세우기만 하면 된다. 이런 관점에서 한비는 어지러운 전국시대의 사정을 세밀히 관찰하고 연구하였다. 그 결과 생겨난 것이 그의 법사상이었던 것이다. 따라서 한비의 사상은 제자백가 중 어느 사상가보다도 현실적이고 적극적이라 할 수 있다. 한비의 법사상을 바탕으로 하여 진시황(秦始皇)이 다른 여섯 나라를 누르고 천하를 통일했던 것은 우연한 일이라 할 수 없다.

5. 한비(韓非)의 저서(著書)

한비의 저서인 「한비자(韓非子)」는 본시 「한자(韓子)」라 불렀었다. 송(宋)나라 이후로 학자들이 당(唐)대의 학자 한유(韓愈)를 「한자」라 흔히 부르게 되면서 혼동될 염려가 있으므로 한비의 책을 「한비자」라 바꿔 부르게 된 것이다.

한비자의 저서는 한비 생전에도 이미 퍽 널리 읽혀진 듯하다. 「사기」에 의하면, 진시황은 한비의 글 고분편(孤憤篇)과 오두편(五蠹篇)을 읽고 「아아 내 이 사람을 만나 함께 놀 수만 있다면 죽어도 한이 없겠다!」고까지 탄식했다 한다. 한비가 죽은 뒤엔 진나라의 재상 이사(李斯)와 진이세(秦二世)도 자주 「한비자」를 그들의 글에 인용하였다(史記 李斯傳 및 秦本記). 사마천(司馬遷)은 「사기」에 한비의 전을 쓰면서 특히 세난편(說難篇)을 수록하고 「한비는 과거 정치의 득실(得失)과 변화를 살피어 고분(孤憤)·오두(五蠹)·내외저(內外儲)·설림(說林)·세난(說難) 등 십여만언(十餘萬言)을 썼다.」고 하였는데, 이들은 모두 지금 우리가 보는 「한비자」속에 들어있다. 그러나 사마천은 그때의 「한비자」가 전부 몇 편이었는지는 말하지 않고 있다.

한(漢)나라 유향(劉向)에 이르러 「한비자」는 비로소 55편으로 교정(校定)되어 「별록(別錄)」에 실리었다. 유향의 아들 유흠(劉歆)은 그의 아버지의 뜻을 이어 「집략(輯略)」을 지었는데, 거기에 「한자」는 제자략(諸子略) 법가류(法家類) 속에 들어 있다. 그리고 반고(班固)의 「한서(漢書)」 예문지(藝文志)에도 「한자」 55편이 있다고 기록되어 있다. 그런데 육조시대(六朝時代)의 기록부터 시작하여 「수서(隋書)」 경적지(經籍志)·「당서(唐書)」 경적지·「신당서(新唐書)」 예문지(藝文志)·「송사(宋史)」 예문지 등에는 모두 「한자」 20권이 있다고만 기록되어 있다. 「명사(明史)」엔 기록이 없고 청(淸)대의 「사고전서총목(四庫全書總目)」에도 법가류(法家類)에 「한자」 20권이 있다. 그런데 한(漢)대의 기록의 55편과 그 이후의 20권은 내용이 완전히 같은 것인지 아닌지는 알 길이 없다.

지금 전하여지는 가장 오래된 「한비자」 판본은 송건도본(宋乾道本)인데, 원대(元代)에 발견된 판본은 53편이었다 한다. 명(明)대 능영초(凌瀛初)의 「한비자(韓非子)」 범례(凡例)를 보면, 간겁(姦劫) 한 편과 설림(說林)의 하편(下篇)이 없어진 것이라 한다. 그러나 지금은 여전히 55편이 전하여지고 있으니 그 일부가 남아 전하여지는 것인 듯하다. 그 밖에도 옛책에 인용된 「한비자」의 문장 중에는 현재 우리가 보는 「한비자」가운데에 들어 있지 않은 글들이 꽤 있어 부분적으로 없어진 분량도 적지 않을 것이다.

이처럼 지금 우리가 보는 「한비자」는 한나라 시대의 「한자」 55편보다 내용이 훨씬 줄어든 책이다. 그러면 또 이것들은 모두가 한비의 글이냐 하는 것도 문제가 된다. 근인 고형(高亨)의 「한비자보전(韓非子補箋)」 서문을 보면 「한비자」 중의 초현진(初見秦)·존한(存韓)·난언(難言)·애신(愛臣)·유도(有度)·식사(飾邪)의 여섯 편은 모두 한비가 직접 쓴 것이 아니라 후세에 「한비자」를 편집하는 사람이 집어넣은 것이라 하며 그 증거를 상세히 논하고 있다. 이를 통해서도 「한비자」 중에는 한비가 직접 쓰지 않은 그의 제자 같은 법가에 속하는 학자들의 글이 끼어 있음을 알 수 있다.

「한비자」의 현존 판본으로는 송건도본(宋乾道本)이 가장 오래된 것이며, 그 밖에 명(明)대의 도장본(道藏本)·조본(趙本)·진본(陳本) 등의 훌륭한 「한자」 판본이 있다. 그리고 주해서(註解書)로는 청(淸)대 왕선신(王先愼)의 「한비자집해(韓非子集解)」가 여러 학자들의 설을 모아 절충해 놓은 것이어서 읽기에 가장 편리하다. 그 밖에도 오여륜(吳汝綸)·유사배(劉師培)·고형(高亨)·왕숙민(王叔岷)·용우순(龍宇純) 등의 근세 또는 현존 학자들이 빛나는 업적을 남기고 있으며

약 10년 전 대만의 중화총서위원회(中華叢書委員會)에서 발간한 진계천(陳啓天)의 「한비자교석(韓非子校釋)」은 주해가 상세하고 풍부한 자료가 실려 있어 「한비자」를 읽는 데 매우 편의를 주는 책이다.

6. 한비자(韓非子)의 현대적(現代的) 의의(義意)

한비의 사상은 최근에 이르러 그의 객관적이고 실증(實證)적인 사고방식이 높이 평가받고 있다. 이 점은 특히 동양 사상의 일반적인 약점이 되기 때문이기도 할 것이다. 한비의 비정적(非情的)인 인간관(人間觀)에 따른 전제주의(專制主義)는 크게 문제가 되겠지만, 그의 현실주의에 바탕을 둔 과학적인 사고방식은 충분히 존중할 만한 값어치가 있을 것이다. 아직도 「한비자」는 역사적으로나 사상적으로나 연구하여야만 할 많은 문제들을 안고 있다. 우리는 이런 점에 주의를 기울이면서 「한비자」를 읽어야만 할 것이다.

한비자

제1권

I. 초현진편初見秦篇

이 편은 진시황(秦始皇) 14년(B.C. 233경) 한비(韓非)가 한(韓)
나라 사신으로 진(秦)나라로 가서 시황제(始皇帝)를 뵙고 상주(上
奏)했다는 글이다. 전국책(戰國策)의 진책(秦策)에는 장의(張儀)의
말이라 하며 똑같은 내용의 글을 싣고 있으나, 한비의 글이라 보
는 학자들이 더 많다.

이 편의 내용은 여러 제후들이 힘을 모아 진나라에 대항하려
면 「합종책(合從策)」을 타파하고, 진나라로 하여금 천하의 패권(覇
權)을 누리게 하는 한비의 의견을 쓴 것이다. 그에 의하면, 진나라
는 이미 풍부한 자원과 강력한 군사력 등 천하에서 제일 가는 실
력을 갖추고 있는 데도 천하를 굴복시키어 패자가 되지 못하고
있다. 그것은 진나라에는 지모(智謀)에 뛰어난 신하가 없기 때문
이라는 것이다. 그리고 끝으로 자기야말로 진나라로 하여금 천하
의 패권을 잡게 만들 수 있는 지략(智略) 있는 신하임을 암시하고
있다.

여기서는 그 중심이 되는 중요한 두 대목만을 빼어 번역하기
로 한다. 아직도 뒤의 존한편(存韓篇)과 함께 이 편은 한비의 글이
아님을 주장하는 학자가 많고 내용도 그다지 중요한 게 못되기
때문이다.

1.

지금 진나라 땅은 남의 좋은 곳을 뺏어다 자기 단점(短點)을 보충하여, 넓이가 사방 수천 리나 되었으며, 이름난 군사는 수백 만에 달하고 있습니다. 진나라의 명령과 상벌(賞罰)과 지형(地形)과 이해(利害)는 천하에 비길 데가 없습니다. 진나라와 온 천하를 견주어 보아도 천하는 진나라의 것을 다 갖지 못하고 있습니다. 그러므로 진나라는 싸워서 이기지 못한 일이 없었고, 공격하여 뺏지 못한 일이 없으며, 맞서는 자를 격파하지 못한 일이 없어서, 수천리 넓은 땅을 개척하였는데, 이것은 위대한 공적이라 하겠습니다.

그러나 군비(軍備)에 차질이 생기고 백성들은 곤경에 빠지고 저축된 재물들은 없어지고 논밭은 황폐하고 창고들은 패왕(覇王)이란 명성을 이룩하지 못하고 있습니다.

이것은 다른 까닭이 아닙니다. 일하는 신하들이 모두 그의 충성을 다하지 않기 때문입니다.

今秦地折長補短, 方數千里, 名師數十百萬. 秦之號令賞罰, 地形利害, 天下莫若也. 以此與天下, 天下不足兼而有也. 是故秦戰未嘗不剋, 攻未嘗不取, 所當未嘗不破, 開地數千里, 此其大功也. 然而兵甲頓, 士民病, 蓄積索, 田疇荒, 困倉虛, 四鄰諸侯不服, 霸王之名不成, 此無異故, 其謀臣皆不盡其忠也.

- 名師(명사) : 이름난 군대.
- 剋(극) : 이기는 것.
- 頓(돈) : 무너지는 것, 차질이 생기는 것.
- 索(삭) : 없어지는 것.

* 진나라는 세상에서 가장 크고 좋은 땅과 강력한 군대와 풍부한 자원을 가지고 있다. 그런데도 천하의 패자(覇者)가 되지 못한 것은 「일을 꾀하는 신하들이 충성을 다하지 않기 때문」이라는 것이다.

이곳의 「충성」은 이 편 첫머리에서 「알지 못하면서도 말하는 것은 지혜롭지 못한 것이고, 알면서도 말하지 않는 것은 충성되지 못한 것이다.」고 한 한비의 말을 참고로 하여야만 할 것이다.

2.

신(臣)이 죽음을 무릅쓰고 대왕(大王)을 뵙기 바랐던 것은, 천하의 「합종책(合從策)」을 타파함으로써 조(趙)나라를 정복하고 한(韓)나라를 멸망시키며 초(楚)나라와 위(魏)나라를 굴복시키고 제(齊)나라와 연(燕)나라를 화친(和親)케 함으로써 패왕(霸王)이란 명성을 이룩하여 사방의 이웃나라와 제후들을 내조(來朝)케 하는 방법을 말씀드리려는 때문입니다. 대왕께서 정말로 저의 말씀을 들으셨는데도, 단번에 천하의 「합종책」이 타파되지 않고 조나라가 정복되지 않으며, 한나라가 멸망되지 않고, 초나라와 위나라가 굴복하지 않으며, 제나라와 연나라가 화친하지 않음으로써 패왕이란 명성이 이룩되지 않고, 사방의 이웃 나라와 제후들이 내조하지 않는다면은, 대왕께서는 신을 버리시어 임금을 위하는 일을 충성되지 않게 한 자로서 나라를 위하여 죽게 하여 주십시오.

臣昧死願望見大王, 言所以破天下之從, 擧趙, 亡
韓, 臣荊魏親齊燕, 以成霸王之名, 朝四鄰諸侯之道.
大王誠聽其說, 一擧而天下之從不破, 朝不擧, 韓不
亡, 荊魏不臣, 齊燕不親, 霸王之名不成, 四鄰諸侯
不朝, 大王斬臣徇國, 以爲王謀不忠者也.

- 昧死(매사) : 죽음을 무릅쓰는 것.
- 從(종) : 합종(合從). 여러 나라가 힘을 합쳐 진(秦)나라를 대
  항하려는 계책, 장의(張儀)의 연횡책(連橫策)과 대가 된다.
- 荊(형) : 초(楚)나라의 별명.
- 朝(조) : 굴복하여 내조(來朝)하는 것.
- 徇國(순국) : 殉國(순국)과 같은 말. 나라를 위하여 죽는 것.

*끝으로 한비는 진시황에게 자기의 말만을 들으면 당장에
패왕(霸王)이 될 수 있다고 목숨을 담보로 선언한다. 그러나
많은 학자들이 여기에서 「한(韓)나라를 멸망시킨다.」고 한 말
을 근거로 이 편은 한비의 글이 아니라고 주장한다. 한비라면
하필 자기의 조국인 한나라를 멸망시킨다고 말할 리가 있겠
느냐는 것이다.

2. 존한편存韓篇

이 편은 한(韓)나라를 치지 말아달라고 한비가 진시황에게 올린 글에다가, 이를 반박하는 진나라 재상 이사(李斯)의 글과 이사가 한나라 임금에게 올린 글을 합쳐 놓은 것이다. 사마천(司馬遷)의 「사기(史記)」를 보면, 이사는 한비와 대립을 하고 결국은 이사의 손에 한비는 죽고 말지마는 이 편의 앞부분도 한비가 쓴 글이 아니라고 주장하는 학자들이 많다.

한비가 진시황에게 올린 글을 보면 한나라는 오랫동안 진나라에 복종하여 왔고 앞으로도 그러할 것이다. 만약 진나라가 조(趙)나라가 제(齊)나라를 치게 되면 한나라는 자연히 진나라를 좇게 될 것이다. 그러니 한나라는 치지 않는 게 좋다는 내용이다.

그러나 이사는 한나라의 존재는 진나라에 있어서는 뱃속에 든 병이나 같은 것이어서 한나라를 그대로 두면 후환이 될 것이다. 그러니 한나라 임금을 불러 땅을 내놓으라고 요구해야 된다고 반론을 편다.

뒷부분은 이사가 한나라로 가서 한나라 임금을 만나고자 하였으나 만나지 못하고 올린 글이다. 한나라가 만약 조(趙)나라 편을 들어 진나라와 대적하면 곧 큰일난다고 설득을 되풀이한 내용이다. 여기에는 한비의 글 한 토막과 이사의 글 한 토막을 각각 골라 번역하기로 한다.

1.

한나라가 진나라를 섬겨 온 지 삼십여 년 동안, 나아가
서는 방패가 되어 주었고 들어와서는 깔개가 되어 주어
왔습니다. 진나라가 날랜 군사를 내어 남의 나라 땅을 빼
앗을 적에는 한나라는 이를 도와서, 한나라에 대한 원한
은 천하에 드리웠고 그 공로는 강한 진나라로 돌아갔습
니다. 또한 한나라는 공물(貢物)을 바치고 섬겼으니, 진나
라의 한 고을과 다름이 없습니다.

지금 신이 임금님 신하들의 계책을 엿들어 보니, 군사
를 일으키어 한나라를 치려 하고 있습니다. 저 조(趙)나
라는 사졸(士卒)들을 모으고 군사들을 기르면서 천하의
군대를 연합시키려 하고 있습니다. 진나라가 약해지지
않으면 제후들의 나라는 반드시 모두 멸망할 것이라 언
명(言明)하면서 서쪽 진나라를 대적하여 그의 뜻을 실행

코자 하는 것은 하루 이틀의 계획이 아닙니다.

　지금 조나라에 대한 걱정은 버려두고 안에서 신하 노릇 하는 한나라를 친다는 것은, 곧 천하에 조나라의 계책을 분명히 해 주는 거나 같은 일입니다.

　韓事秦三十餘年, 出則爲扞蔽, 入則爲蓆薦, 秦特出銳師取韓地而隨之, 怨懸於天下, 功歸於强秦. 且夫韓入貢職, 與郡縣無異也. 今臣竊聞貴臣之計, 擧兵將伐韓. 夫趙氏聚士卒, 養從徒, 欲贅天下之兵, 明秦不弱, 則諸侯必滅宗廟, 欲西面行其意, 非一日之計也. 今釋趙之患, 而攘內臣之韓, 則天下明趙氏之計矣.

- 扞蔽(한폐) : 막아 주는 것, 방패.
- 蓆薦(석천) : 깔개, 자리. 남의 깔개가 되듯 한나라는 진나라를 섬기고 받들었다는 뜻.
- 贅(췌) : 연합시키는 것.
- 攘(양) : 쳐 없애는 것.

＊한나라는 이제껏 진나라를 섬겨 왔으니 제발 멸망시키지 말아달라는 것이다. 만약 한나라를 친다면 조(趙)나라가 여러

나라와 힘을 합쳐 진나라를 대항하려는 「합종책(合從策)」이 옳음을 증명해 주는 결과가 된다는 것이다.

2.

또한 신이 듣건대 「입술이 없으면 이가 차다.」 했습니다. 진나라와 한나라는 함께 걱정하지 않을 수가 없으니, 그러한 형편은 눈으로 볼 수 있습니다. 위(魏)나라가 군사를 내어 한나라를 공격하려 한다면, 진나라는 한나라로 사신을 보내어 한나라를 두려워하는 체할 것입니다.

지금 진나라 임금의 사신인 이사(李斯)가 와서 임금님을 뵙지 못한 것은, 아마 신하들이 전의 간신들의 계책을 따라서 한나라로 하여금 다시 땅을 잃는 걱정을 갖게 함으로써 신 이사가 뵈올 수가 없던 게 아닐까 합니다. 돌아가 보고를 하게 되면 진나라와 한나라의 사귐은 반드시 끊어질 것입니다.

且臣聞之, 脣亡則齒寒. 夫秦韓不得無同憂, 其形可見. 魏欲發兵以攻韓, 秦使人將使者於韓. 今秦王使臣斯來, 而不得見, 恐左右襲曩姦臣之計, 使韓復

有亡地之患. 臣斯不得見, 請歸報, 秦韓之交必絕矣.

- 將使者於韓(장사자어한) : 위나라가 사신을 진나라에 보내어
  함께 한나라를 치자고 하면, 진나라는 사신을 한나라로 보
  내어 두려워하는 체함으로써, 위나라가 한나라를 치려는 계
  획을 막아 주겠다는 뜻(王先謙說, 韓非子集解).
- 曩(낭) : 전의.

  *이사(李斯)가 한나라에 사신으로 가서 임금을 만나지 못
하고 올린 글의 한 대목. 이사는 사신으로 온 자기의 목적을
달성하기 위하여, 진나라와 한나라의 우호관계를 내세우면서
은근히 만나달라고 협박을 하고 있다.

3. 난언편難言篇

임금을 설득할 적에 말하기가 어려움을 논하는 편. 이 시대 제
자백가(諸子百家)들에게 있어서 어떻게 임금을 설득시키느냐 하
는 것은 무엇보다도 중요한 문제였다. 한비 자신도 어떻든 그 어
려움을 무릅쓰고 자기의 경륜을 임금에게 얘기하지 않으면 안되
었다. 이 편은 한비가 한나라 임금 안(安)에게 올린 글로써 이 책
의 서문과 같은 성격을 띠고 있다. 다만 이 편의 주제인 유세(遊
說)의 어려움은 뒤의 「세난편(說難篇)」에 더욱 자세히 설명된다.

말이 너무 유창하면 실속이 없는 듯이 생각되고, 너무 신중히
요점만을 얘기하면 졸렬하게 생각된다는 등, 한비는 임금에게 말
하기 어려운 이유를 열두 가지 조목으로 나누어 들고 있다. 말하
기가 어렵기 때문에 올바른 좋은 경륜을 지니고 있으면서도 뜻을
펴지 못한 이들이 예부터 수십 명이나 된다고 하며, 그 이름을 들
고 있다. 바른 말은 본시 귀에 거슬리는 법이라면서 한비는 임금
에게 자기 말을 들어줄 것을 당부하며 이 편을 끝맺는다.

여기에는 말하기 어려운 이유를 들고 있는 전반 부분을 번역
한다.

신 한비(韓非)는 본시 말하기를 꺼리지 않습니다. 그런데도 말하기를 꺼리는 이유는 다음과 같습니다.

　말이 순조롭고 번드름하며 멋지고 조리가 있으면, 곧 겉만 그럴싸하고 실속은 없다고 받아들여지기 쉽습니다.

　착실하고 공경스러우며 딱딱하고 신중하면, 곧 졸렬하고 이치에 맞지 않는다고 받아들여지기 쉽습니다.

　말이 많고 얘기가 거듭되며 예를 들고 다른 사물(事物)에 비유를 하면, 곧 헛되고 쓸 데가 없다고 받아들여지기 쉽습니다.

　미세(微細)한 것을 아울러 간략하게 얘기하며 곧이곧대로 표현하여 꾸밈이 없다면, 곧 더듬고 말할 줄 모른다고 받아들여지기 쉽습니다.

　서두르며 친근히 얘기하고 사람들의 감정을 탐지(探知)하려는 듯이 하면, 곧 외람되고 사양함이 없다고 받아들여지기 쉽습니다.

거대하고 넓으며 아득히 멀어 헤아릴 수도 없는 말을 하면, 곧 과장되어 쓸 곳 없다고 받아들여지기 쉽습니다.

집안 얘기나 자잘구레한 얘기를 여러 가지로 자주 말하면, 곧 비루(卑陋)하다고 받아들여지기 쉽습니다.

말하는 것이 요새 세상 얘기고 말이 세상을 거스리지 않으면, 곧 삶을 탐하여 임금에게 아첨한다고 받아들여지기 쉽습니다.

말하는 것이 먼 곳의 습속(習俗)이며 사회를 말로 현혹시키면, 곧 허황되다고 받아들여지기 쉽습니다.

잽싸게 말 잘하며 형식적인 수식이 번거로우면 사관(史官)처럼 말 많은 자라고 받아들여지기 쉽습니다.

학문을 버리고 질박한 본성만 가지고 얘기하면, 곧 천하다고 받아들여지기 쉽습니다.

때로는 시경(詩經)과 서경(書經)을 들먹이고 옛날의 법도를 본따서 얘기하면, 곧 옛일을 외고만 있다고 받아들여지기 쉽습니다.

이것이 신 한비가 말하기를 꺼리며 크게 걱정하는 까닭입니다.

臣非, 非難言也. 所以難言者, 言順非滑澤, 洋洋纚纚然, 則見以爲華而不實. 敦厚恭祗, 鯁固愼完, 則見以爲拙而不倫. 多言繁稱, 連類比物, 則見以爲虛而無用. 總微說約, 徑省而不飾, 則見以爲劌而不辯. 激急親近探知人情, 則見以爲僭而不讓. 閎大廣博, 妙遠不測, 則見以爲夸而無用. 家計小談, 以具數言, 則見以爲陋. 言而近世, 辭不悖逆, 則見以爲貪生而諛上. 言而遠俗, 詭躁人間, 則見以爲誕. 捷敏辯給, 繁於文采, 則見以爲史. 殊釋文學, 以質性言, 則見爲鄙. 時稱詩書, 道法往古, 則見以爲誦. 此臣非之所以難言而重患也.

- 順比(순비) : 말이 순조롭게 거침없이 나오는 것.
- 滑澤(활택) : 말이 번드름하고 매끄러운 것.
- 洋洋(양양) : 말이 멋지게 쏟아져 나오는 모양.
- 纚纚(리리) : 말에 조리가 있는 모양.
- 華而不實(화이부실) : 겉만 화려하고 실속이 없는 것.
- 鯁固(경고) : 말이 딱딱한 것.
- 總微(총미) : 미세한 것을 한데 총괄(總括)하여 말하는 것.
- 劌(궤) : 「의림(意林)」엔 「訥(눌)」로 되어 있어 「말을 더듬는다.」는 뜻.
- 僭(참) : 참람한 것, 외람된 것.

- 夸(과) : 과(誇)와 통하여 「과장된 것」.
- 悖逆(패역) : 세상 일, 또는 정치에 거슬리어 반론(反論)을 펴는 것.
- 詭躁(궤조) : 거짓 이론으로 속이어 들뜨게 하는 것.
- 史(사) : 사관(史官). 말이 많은 사람.

  * 절대적인 권세를 쥐고 있는 전제군주(專制君主)를 설복시 킨다는 것은 무척 어려운 일이다. 조금만 비위를 거슬려도 목이 달아날 판이기 때문이다. 그렇다고 가만히 있을 수는 없기 때문에, 한비는 임금에게 자기의 의견을 얘기하기 전에 먼저 임금에게 말하는 어려움을 늘어놓아 자기의 처지를 부드럽게 만들려 하는 것이다.

4. 신애편臣愛篇

신하를 너무 가까이 사랑하면 반드시 임금 자신이 위태로워질 것이라고 한 첫머리의 두 글자를 따서 이 편의 이름을 붙인 것이다. 임금이 신하나 애첩(愛妾) 또는 형제들을 너무 위해 주면 그들은 멋대로 굴게 되어 임금을 위태롭게 만들 것이기 때문에, 임금은 이러한 일을 경계해야만 된다는 것이다. 전제군주로서 그의 권세를 오래 지탱하기 위하여는 남에게 권력을 맡겨서는 안된다는 것이다. 이러한 주제는 팔간편(八姦篇)이나 칠술편(七術篇) 등에도 보이고 있다. 그러므로 여기에는 신하들을 경계하는 방법을 구체적으로 얘기한 끝머리 한 대목만을 번역하기로 한다.

　그러므로 대신의 녹(祿)은 크다고는 하지만 성 안 시내의 땅을 차지해서는 안된다. 집안 사람들이 많다고는 하지만 사병(私兵)을 거느리어서는 안된다.

　그리하여 신하들은 나라 일을 처리함에 있어 사사로이 임금을 찾아뵈어서는 안되며, 군중(軍中)에 있어서는 사사로이 남과 사귀어서는 안되며, 나라의 창고 재물을 사사로이 개인 집으로 빼내어서는 안된다. 이것은 밝은 임금이 그들의 사악함을 금하기 위한 것이다.

　그런 까닭에 네 마리 말이 끄는 수레에다 이에 따르는 수레를 거느리지 못하며, 무장한 병사들을 수레에 태우고 다니지 못하게 한다. 전령(傳令)도 아니고 비상시도 아닌데 무장한 병사를 거느리고 다니는 죄는 용서 없이 사형에 처한다. 이것은 밝은 임금이 불의의 변에 대비하기 위한 것이다.

是故大臣之祿雖大, 不得藉威城市. 黨與雖衆, 不得臣士卒. 故人臣處國無私朝, 居軍無私交, 其府庫不得私貸於家. 此明君之所以禁其邪. 是故不得四從, 不載奇兵非傳非遽, 載奇兵革, 罪死不赦. 此明君之所以備不虞者也.

- 藉威(자위) : 威자는 잘못 끼어든 글자(兪樾說 韓非子集解), 藉는 땅을 차지하는 것.
- 黨與(당여) : 일가 친척들.
- 四從(사종) : 四는 駟(사)와 통하여 네 마리 말이 이끄는 마차, 從은 그를 따르는 마차.
- 奇兵(기병) : 무장한 병사.
- 非傳非遽(비전비거) : 傳은 급한 일을 알리는 전령, 遽는 위급한 일이 생긴 것.

* 임금은 언제나 자기 신하나 친족들의 세력을 견제함으로써 임금의 권세를 넘보지 못하게 한다. 그리고 불의의 변을 당하지 않도록 임금 주위를 언제나 경계하고 있어야 한다는 것이다. 이미 여기서도 법가(法家)의 삼엄한 분위기가 느껴진다.

5. 주도편主道篇

　임금이 지켜야만 할 도를 해설한 편. 그러나 여기서 말하는 도
는 「만물의 근원이며 시비(是非)의 기준」이라 한 첫 구에서 알 수
있듯이 노자(老子)의 도가(道家) 철학에 근거를 둔 것이다. 다만 아
무런 작위(作爲)도 가하는 일이 없이 나라는 자연스럽게 다스려져
야 한다는 도가의 무위(無爲) 철학에는 반대하여 무위는 임금의
개인적인 도이니, 임금은 언제나 임금의 입장에서 신하들을 엄히
다스려야 한다고 주장한다.

　「한비자」 가운데에서 이 편 이외에도 특히 양각편(揚榷篇)·해
로편(解老篇)·유로편(喩老篇) 등은 모두 도가 사상과의 깊은 관련
을 보여 주고 있다. 무위자연(無爲自然)을 주장한 도가 사상이 그
와 정반대 되는 법가사상과 어울리었다는 것은 매우 재미있는 일
이다.

　여기에는 도(道)를 풀이한 첫 대목을 번역키로 한다.

도(道)란 만물의 시작이며 시비(是非)의 기준인 것이다. 그러므로 밝은 임금은 시작을 지킴으로써 만물의 근원을 알며, 기준을 다스림으로써 착함과 잘못됨의 발단(發端)을 안다. 그러므로 텅 비고 고요함(虛靜)으로써 명령을 기다리게 되는데, 명칭에 관한 명령은 스스로 내려지게 되고 일에 관한 명령은 스스로 정해지게 되는 것이다. 텅 비면 실지 사정을 알게 되며, 고요하면 움직임의 올바름을 알게 된다. 말이 있는 자는 스스로 명칭을 만들게 되며, 일이 있는 자는 스스로 형식을 만들게 되는데, 형식과 명칭이 서로 어울리어야만 임금은 곧 일이 없게 되고 그들로 하여금 참됨으로 돌아가게 한다. 그러므로 임금은 그가 바라는 것을 드러내 보여서는 안되니, 임금이 바라는 것을 드러내 보이면 신하들이 스스로 겉치레로 아첨하게 된다는 것이다. 임금은 그의 뜻을 드러내 보여서는 안되니, 임금이 그의 뜻을 드러내 보이면 신하들이 스스로 특이한 재능을 내세워 잘 뵈러 들게 된다고 하는 것이다.

道者, 萬物之始, 是非之紀也. 是以明君守始, 以知萬物之源, 治紀, 以知善敗之端. 故虛靜以待令, 令名自命也, 令事自定也. 虛則知實之情, 靜則知動之正. 有言者自爲名, 有事者自爲形, 形名參同, 君乃無事焉, 歸之其情. 故曰, 君無見其所欲, 君見其所欲, 臣將自雕琢. 君無見其意, 君見其意, 臣將自表異.

• 紀(기) : 기강(紀綱). 기준이 되는 것.

* 이 단은 「노자(老子)」의 「도는 하나를 낳고, 하나는 둘을 낳고, 둘은 셋을 낳고, 셋은 만물을 낳는다.」는 도의 개념을 발전시킨 것이다. 그 본시의 의도는 도가(道家)의 무위(無爲) 철학을 백성들에게 익히게 함으로써 전제군주의 권세를 확보하자는 데 있었는지도 모른다. 노자는 「옛날에 도를 잘 지키던 사람들은 백성들을 명철(明哲)하게 한 것이 아니라 백성들을 어리석게 함으로써 하였다.」 하였으니, 그러한 철학을 백

성들에게만 통용시키려 한 듯하다. 그러기에 임금은 무위(無
爲)해서도 안되고 지혜를 버려서도 안된다고 하였다. 백성들
을 어리석게 만든 뒤에 엄한 형벌과 상으로써 다스리면 임금
의 권세는 영원할 거라고 생각했던 것 같다.

한비자

제2권

6. 유도편有道篇

나라를 다스림에는 법도가 있어야만 한다는 주장. 나라에 엄한 법도가 있어 누구나 사심(私心) 없이 법도를 잘 지키면 나라가 잘 다스려진다는 것이다.

이 편의 내용은 법가사상과 합치되는 것이기는 하지만, 호적(胡適) 박사는 그의 「중국철학사대강(中國哲學史大綱)」에서 이 편에 보이는 초(楚)·제(齊)·연(燕)·위(魏) 네 나라의 멸망은 한비가 죽은 뒤의 일이며, 또 여러 번 「선왕(先王)」을 인용하며 자기의 학설을 주장하고 있는 것은 「오두편(五蠹篇)」 같은 한비의 중요한 편들의 성격과 맞지 않는다. 따라서 여러 가지 조건으로 미루어 볼 때 이 편도 한비가 직접 쓴 것이 아니라 뒤에 제자의 손에 의하여 이루어졌을 가능성이 많다고 하였다.

여기에는 정치를 함에 있어 법의 중요성을 역설한 맨 끝 대목을 번역키로 한다.

법은 귀한 사람만 보아 주지 않으니 먹줄에 굽음이 없
음과 같다. 법이 행하여짐에는 지혜 있는 자라도 마다할
수 없고 용감한 자라도 감히 다툴 수가 없다. 형벌이 행
하여짐에는 대신들도 피하지 아니하고, 착한 이를 상 줌
에 있어서는 낮은 사람(匹夫)이라도 빠뜨리지 않는다.

　그러므로 임금의 과오를 바로잡아주고 백성들의 악함
을 꾸짖어주며, 어지러움을 다스리고 그릇됨을 결단해
주며, 지나침을 견제하고 옳지 못함을 가지런히 해 준다.
백성들을 통일하는 방법으로는 법보다 좋은 게 없다. 관
리들을 엄히 단속하고 백성들을 위압하며 지나친 행동과
위태로운 행동을 물리치고 사기 치고 속이는 일을 멎게
하는 데에는 형벌보다 좋은 게 없다.

　형벌이 무거우면, 곧 감히 귀한 권세로서 천한 사람들
을 업신여기지 않을 것이며, 법이 자세하면 임금은 존귀

하여져서 침해를 당하지 않는다. 임금이 존귀하여 침해를 받지 않으면, 곧 임금은 강해지고 수비(守備)가 단단해 진다. 그러므로 옛 임금들은 그것을 귀히 여기고 후인들에게 전하였던 것이다. 임금이 법을 버리고 사사로이 행동하면 곧 위아래가 분별되지 않을 것이다.

法不阿貴, 繩不撓曲. 法之所加, 智者弗能辭, 勇者弗敢爭. 刑過不避大臣, 賞善不遺匹夫. 故矯上之失, 詰下之邪, 治亂決繆, 絀羨齊非, 一民之軌, 莫如法. 屬官威民, 退淫殆, 止詐僞, 莫如刑. 刑重則不敢以貴易賤, 法審則上尊而不侵. 上尊而不侵, 則主强而守要, 故先王貴之. 而傳之人主釋法用私. 則上下不別矣.

- 阿貴(아귀) : 귀한 사람들 편만을 보아주는 것.
- 詰(힐) : 꾸짖는 것, 힐책하는 것.
- 繆(류) : 잘못, 그릇된 것.
- 絀羨(출선) : 남음이 있는 지나친 것을 내침으로써 견제하는 것(王先謙說 韓非子集解).
- 屬官(촉관) : 屬은 厲(려)의 잘못으로 (王念孫說 韓非子集解) 「관리들을 엄히 단속하는 것.」

• 易賤(이천) : 천한 사람들을 가벼이 여기는 것.

* 법과 형벌의 효용을 구체적으로 들고 있다. 법과 형벌로 관리나 백성들을 누르며 엄하게 다스려야만 나라가 잘 된다는 것이다.

7. 이병편二柄篇

「이병(二柄)」은 두 개의 자루, 「자루」란 칼자루처럼 그 근거가 되는 것이므로, 여기서는 나라를 다스리는 기본적인 수단에 비유한 것이다.

한비는 형벌과 덕(德)을 백성을 다스리는 「이병」이라 하였다. 물론 여기의 덕은 유가(儒家)의 덕과는 성격이 판이한 것이다. 「은덕(恩德)」의 뜻으로서 주로 「상(賞)」을 뜻한다. 임금이 형벌과 시상을 엄격히 하여야만 신하와 백성들을 잘 다스려진다는 것이다.

1.

　밝은 임금이 그의 신하를 인도하고 제어(制御)하는 데
에는 두 가지 요점(柄)이 있을 따름이다. 두 가지 요점이
란 형벌과 은덕(恩德)을 말한다. 형벌과 은덕이란 무엇을
말하는가? 그것은 사람을 죽이는 것을 형벌이라 하고, 상
을 주는 것을 은덕이라 말한다.

　신하 된 사람들은 형벌을 두려워하고 상 받기를 좋아
한다. 그러므로 임금 자신이 그의 형벌과 은덕을 사용하
면, 곧 여러 신하들은 그의 위세를 두려워하고 그의 이로
움으로 달라붙게 된다.

　그런데 세상의 간신(姦臣)들은 그렇지 않다. 미워하는
자가 있으면 그의 임금의 마음을 얻어 그에게 죄를 주고,
좋아하는 자가 있으면 그의 임금의 마음을 얻어 그에게
상을 준다. 그러면 임금은 상벌(賞罰)의 위엄과 이로움이

자기로부터 나가지 않게 되고, 그의 신하의 말을 듣고 상
벌을 시행하게 된다. 그러면 온 나라 사람들이 모두 그
신하를 두려워하고 임금은 가벼이 여기게 되며, 그 신하
를 따르게 되고 임금을 버리게 된다. 이것이 임금이 형벌
과 은덕을 잃은 환난(患難)인 것이다.

호랑이가 개를 굴복시킬 수 있는 까닭은 발톱과 이빨
에 있다. 만약 호랑이가 그의 발톱과 이빨을 떼어 개에게
주고 그것을 쓰게 한다면, 곧 호랑이가 반대로 개에게 굴
복당하게 될 것이다. 임금이란 형벌과 은덕으로써 신하
를 제어하는 것이다. 지금 임금된 사람이 그의 형벌과 은
덕을 떼어 신하에게 주어 사용케 한다면, 곧 임금이 반대
로 신하에게 제어당하게 될 것이다.

明主之所導制其臣者, 二柄而已矣. 二柄者, 刑德
也. 何謂刑德? 曰, 殺戮之謂刑, 慶賞之謂德. 爲人臣
者, 畏誅罰而利慶賞. 故人主自用其刑德, 則羣臣畏
其威而歸其利矣. 故世之姦臣則不然, 所惡則能得之
其主而罪之, 所愛則能得之. 其主而賞之. 今人主非
使賞罰之威利出於己也, 聽其臣而行其賞罰, 則一國
之人皆畏其臣而易其君, 歸其臣而去其君矣. 此人主

失刑德之患也. 夫虎之所以能服狗者, 爪牙也. 使虎
釋其爪牙而使狗用之, 則虎反服於狗矣. 人主者以刑
德制臣者也. 今君人者釋其刑德而使臣用之, 則君反
制於臣矣.

- 導制(도제) : 인도(引導)하고 제어(制御)하는 것.
- 殺戮(살육) : 형벌로서 사람을 죽이는 것.
- 所惡(소오) : 미워하는 사람. 所愛(소애)는 그 반대.
- 爪牙(조아) : 앞뒤 발톱과 이빨.

　＊한비는 상과 벌을 정치하는 두 가지 칼의 자루처럼 중요
한 요점이라 생각한다. 상벌로서 백성들을 적당히 위압도 하
고 이익을 주기도 하여야만 임금의 권세는 오래간다는 것이
다. 그리고 임금은 이 상벌의 권한을 아래 신하들에게 양보해
서는 안된다. 상벌을 신하들에게 양보하는 것은, 곧 자신의
임금으로서의 권세를 넘겨주는 거나 같은 결과를 가져온다는
것이다.

　2.
　그러므로 제(齊)나라의 전상(田常)은 임금에게 작위(爵

位)와 녹(祿)을 청하여 그것을 여러 신하들에게 베풀어주고, 아래로는 큰 말(斗斛)로 곡식을 나누어 백성들에게 베풀어주었다. 이것은 제나라 간공(簡公)이 은덕을 잃고 그것을 전상이 사용한 것이다. 그리하여 간공은 전상에게 죽음을 당하게 되었던 것이다.

자한(子罕)이 송(宋)나라 임금에게 말하였다.

「상이나 물건을 내려주는 것은 백성들이 기뻐하는 일이니, 임금님께서 스스로 그것을 행하십시오. 죽이거나 형벌을 내리는 것은 백성들이 싫어하는 일이니, 청컨대 신에게 그것을 맡겨 주십시오.」

이에 송나라 임금은 형벌을 잃고 자한이 그것을 사용하게 되었다. 그리하여 송나라 임금은 자한에게 협박을 당하게 된 것이다.

전상은 다만 은덕을 사용했을 따름이지만 간공은 그에게 죽음을 당하였고, 자한은 다만 형벌을 사용했을 따름이지만 송나라 임금은 그에게 협박을 당하였다. 그러므로 지금 세상에서 신하 된 사람이 형벌과 덕을 아울러 사용한다면, 곧 임금의 위험은 간공이나 송나라 임금보다 더해질 것이다. 그러므로 협박을 당하거나 죽음을 당하고, 막히거나 가리워지는 임금을 보면, 형벌과 은덕을 잃고 그것을 신하들에게 사용케 함으로써 위태로워지고 멸망케 되지 않았던 이는 일찍부터 없었다.

故田常上請爵祿而行之群臣, 下大斗斛而施於百姓, 此簡公失德而田常用之也, 故簡公見弑. 子罕謂宋君曰, 夫慶賞賜予者, 民之所喜也, 君自行之. 殺戮刑罰者, 民之所惡也, 臣請當之. 於是宋君失刑而子罕用之, 故宋君見劫. 田常徒用德而簡公弑, 子罕徒用刑而宋君劫. 故今世爲人臣者, 兼刑德而用之, 則是世主之危甚於簡公宋君也. 故劫殺擁蔽之主, 非失刑德而使臣用之, 而不危亡者則未嘗有也.

- 田常(전상) : 전국 시대 제나라 사람. 신하로서 그의 임금 간공(簡公)을 죽이고 스스로 왕이 되었다.
- 斗斛(두곡) : 斛은 열 말(斗), 斗斛은 많은 양의 곡식을 뜻한다.
- 子罕(자한) : 송나라 사람. 뒤에는 송나라의 권세를 잡고 임금을 억눌렀었다.
- 劫(겁) : 협박당함.
- 擁蔽(옹폐) : 임금이 신하에게 막히고 가리워져 마음대로 권세를 행사하지 못하는 것.

*나라를 다스리는 두 가지 요점 중에서 한 가지만을 임금

이 신하에게 양보해도 지위가 위태로워진다. 제나라 간공과 송나라 임금이 그 본보기이다. 따라서 임금이 두 가지 모두를 신하에게 맡겨 놓으면 멸망 당할 게 뻔한 일이라는 것이다.

3.

임금이 간사함을 금하고자 한다면, 곧 형식과 명칭을 잘 살피어 부합되게 하라 한 것은, 말과 사실을 두고 한 말이다. 신하 된 사람이 그의 말을 아뢰면 임금은 그 말에 의하여 일을 내려 주고, 오로지 그 일로써 그의 공을 추궁한다. 그의 공이 일과 합치되고 한 일이 그의 말과 합치되면 곧 상을 주고, 그의 공이 일과 합치되지 않고 한 일이 그의 말과 합치되지 않으면 곧 벌을 준다. 그러므로 여러 신하들 가운데 말만 크게 하고 공이 작은 사람은 벌을 준다. 공이 작다고 벌을 주는 게 아니라 그의 공이 명칭과 합치되지 않음을 벌 주는 것이다. 여러 신하들 가운데 말은 작게 하는데도 공은 큰 자도 역시 벌을 준다. 큰 공을 기뻐하지 않는 게 아니라 명칭과 부합되지 않기 때문이며, 그 해는 큰 공보다도 심하므로 벌을 줘야 하는 것이다.

人主將欲禁姦, 則審合刑名者, 言與事也. 爲人臣者陳而言, 君以其言授之事, 專以其事責其功, 功當其事, 事當其言, 則賞, 功不當其事, 事不當其言, 則罰. 故羣臣其言大而功小者則罰, 非罰小功也, 罰功不當名也. 羣臣其言小而功大者亦罰, 非不說於大功也, 以爲不當名也, 害甚於有大功, 故罰.

- 審合(심합) : 잘 살피어 부합되게 하는 것.
- 刑名(형명) : 刑은 形(형)의 잘못으로(張榜說 韓非子集解), 형식과 명칭. 형식은 그의 말로 표현된 것, 명칭은 그의 말에 따라 이루어진 사실.
- 陳(진) : 진술(陳述).
- 說(열) : 기뻐함, 좋아함.

* 임금은 신하들의 말이 행동과 합치되는가를 살펴야 한다. 그의 말과 행동이 어긋나면 용서 없이 벌을 내려야 한다. 설사 그의 말보다 더 크고 훌륭한 일을 하였다 하더라도 그것은 말과행동이 부합되지 않는 것이므로 처벌해야 한다는 것이다.

4.

옛날에 한(韓)나라 소후(昭侯)가 술에 취하여 자고 있었다. 관(冠)을 건사하는 신하가 임금이 추워하는 것을 보고서 임금 몸에 옷을 덮어 주었다. 소후는 잠에서 깨어나자 기뻐하며 신하들에게 물었다.

「누가 옷을 덮어 주었나?」

신하들이 대답하였다.

「관을 건사하는 사람입니다.」

임금은 그 말을 듣자 옷을 건사하는 신하와 함께 관을 건사하는 신하를 처벌하였다. 그처럼 옷을 건사하는 신하를 처벌한 것은 그의 일을 게을리하였기 때문이며, 관을 건사하는 신하를 처벌한 것은 그의 직분을 넘어선 짓이기 때문이다. 추위를 싫어하지 않았던 것은 아니지만 남의 벼슬을 침해하는 폐해는 추위보다 더한 것이라 여겼던 것이다.

그러므로 밝은 임금은 신하들을 거느림에 있어서, 신하는 자기 직분을 넘어서 공을 세우지 못하게 아뢴 말이 실제와 부합되지 않을 수 없게 한다. 직분을 넘어서면 죽이고 실제와 부합되지 않으면 처벌한다. 자기 직분으로서 할 일을 지키게 하며, 말한 것이 올바로 들어맞게 한다. 그러면 여러 신하들은 붕당(朋黨)을 이루어 서로의 이익을 추구하지 못하게 될 것이다.

昔者韓昭侯醉而寢, 典冠者見君之寒也, 故加衣於君之上. 覺寢而說, 問左右曰, 誰加衣者? 左右答曰, 典冠. 君因兼罪典衣殺典冠. 其罪典衣, 以爲失其事也, 其罪典冠, 以爲越其職也. 非不惡寒也, 以爲侵官之害, 甚於寒. 故明主之畜臣, 臣不得越官而有功, 不得陳言而不當. 越官則死, 不當則罪. 守業其官, 所言者貞也, 則羣臣不得朋黨相爲矣.

- 典冠(전관) : 임금의 관을 맡아 건사하는 내시(內侍).
- 典衣(전의) : 임금이 입는 옷을 맡아 건사하는 내시.
- 畜臣(축신) : 신하들을 거느리는 것.
- 相爲(상위) : 서로 자기네 끼리의 이익을 위하여 행동하는 것.

* 신하들은 모두 자기가 맡은 직분을 충실히 지키도록 만들어야 한다. 자기 직분에 벗어나는 짓을 하는 자는 자기 직분을 지키지 않는 자나 같다는 것이다. 신하들로 하여금 모두 자기의 직분을 올바로 지키게 하고 실제에 들어맞는 말을 하게 하면 나라는 잘 다스려진다는 것이다.

그리고 이어 임금은 함부로 아무에게나 벼슬을 줘도 안되지만 너무 현명한 사람을 아무 때나 등용해도 안됨을 논한 것이다. 현명한 사람은 그의 현명함으로써 임금을 누를 것이기 때문이다.

8. 양각편揚搉篇

「양각」은 임금으로서 나라를 다스리는 비결을 개략(槪略)적으로 드러내어 설명한다는 뜻. 보통 판본에는 「揚權(양권)」이라 되어 있으나 「문선(文選)」의 「촉도부(蜀都賦)」 유구(劉逵)의 주(註)에 「한비에게는 양각(揚搉)편이 있다.」고 한 데 근거하여 「揚權」은 잘못이라고 주장한 손이곡(孫詒穀)의 설(韓非子集解)에 따라 「揚搉」으로 고쳤다.

내용은 주도편(主道篇)처럼 노자(老子)의 철학을 바탕으로 하여 임금이 지녀야 할 기본 태도들을 설명한 것이다. 많은 학자들이 이 편은 한비보다 후세, 대략 한(漢)나라 초기에 이루어진 것이 아닌가 보고 있다.

여기에는 그 첫머리의 한 토막을 번역키로 한다.

하늘에도 대명(大命)이 있고 사람에게도 대명이 있다.

향긋하고 맛있는 좋은 술과 살찐 고기는 입에는 달지 만 몸을 병들게 할 수 있다. 아름다운 살갗과 흰 이를 지 닌 미녀는 감정을 기쁘게 하지만 정력을 손상시킨다.

그러므로 심한 짓을 그만두고 지나친 짓을 그만두면 몸에는 곧 해가 없게 될 것이다.

天有大命, 人有大命. 夫香美脆味, 厚酒肥肉, 甘口而病形. 曼理皓齒, 說情而損精. 故去甚去泰, 身乃無害.

- 大命(대명) : 위대한 원리나 위대한 원칙.
- 脆(취) : 연한 것, 맛있는 것.
- 形(형) : 형체, 몸.
- 曼理(만리) : 아름다운 살갗.

• 皓齒(호치) : 흰 이. 曼理와 함께 아름다운 여자의 요건임.

• 泰(태) : 태(太)와 통하여 「너무 지나친 것」.

*노자(老子)의 역설(逆説)을 응용하여 정치를 해설하려는 것이다. 임금은 욕망이나 감정에 있어 너무 지나치면 안되며 언제나 「텅 비고 고요한(虛靜)」 마음 가짐과 몸 가짐으로서 신하들을 다뤄야 한다는 것을 얘기하려는 전제(前提)인 것이다.

9. 팔간편八姦篇

여기에선 신하가 간사한 행동을 하는 여덟 가지 방법을 해설한다. 첫째는 임금과 잠자리를 함께 하는 것, 둘째는 곁에 있는 것, 셋째는 부형(父兄)의 힘을 비는 것, 넷째는 임금의 향락심을 북돋는 것, 다섯째는 무지한 백성들을 이용하는 것, 여섯째는 유창한 말을 사용하는 것, 일곱째는 위세를 사용하는 것, 여덟째는 이웃나라 힘을 비는 것 등이다.

이것은 모두 임금의 개인적인 약점을 파고 드는 것이므로 이것을 잘 막아내야 한다는 것이다. 여기에는 첫째와 둘째 방법만을 번역 소개하기로 한다.

1.

첫째는 잠자리를 함께 하는 것이다. 잠자리를 함께함은 무엇을 말하는가? 그것은 귀한 부인, 사랑스런 아이, 좋아하는 첩, 아름다운 여자들인데, 이들은 임금을 혹하게 만드는 것들이다. 즐기고 있는 즐거움을 이용하거나 술 취하고 배부른 틈을 엿보아 그들이 바라는 것을 요구하게 되는데, 이것은 반드시 들어 주게 하는 술법인 것이다. 신하된 자는 슬며시 이들을 금과 옥으로써 섬기어 그 임금을 미혹되게 만들 것이다. 이것을 잠자리를 함께 하는 것이라 말한다.

一日在同牀. 何謂同牀? 曰, 貴夫人, 愛孺子, 便僻好色, 此人主之所惑也. 託於燕處之虞, 乘醉飽之時, 而求其所欲, 此必聽之術也. 爲人臣者, 内事之以金

玉, 使惑其主, 此之謂同牀.

- 牀(상) : 침대.
- 便僻(편폐) : 便嬖(편폐)로도 쓰며, 임금이 좋아하는 첩(妾).
- 好色(호색) : 아름다운 여색(女色). 미녀.
- 燕處(연처) : 즐겁게 지내고 있는 것.
- 虞(우) : 즐김.

* 간신이 이용하는 여덟 가지 방법 중에서, 첫째로 임금과 잠자리를 함께 하는 아름다운 여자들이나 아이들을 이용하여 간사한 짓을 함을 설명한 것이다.

2.

둘째는 곁에 있는 것이다. 무엇을 곁에 있는 것이라 말하는가? 그것은 배우들·난쟁이들·시중하는 자들·가까이 모시는 자들이다. 이들은 임금이 명령을 내리기도 전에 네네 하고, 부르기도 전에 그러겠습니다, 그러겠습니다라고 하면서 임금의 뜻을 앞서서 받들고 모습을 보고 얼굴빛을 살피어 임금의 마음을 먼저 앞서는 자들이다. 이들은 임금과 함께 나아가고 함께 물러서며, 부르면 모두 응답하고, 물으면 모두 대답하여 같은 말을 한결같이 함으로써 임금의 마음을 움직이는 자들이다. 신하 된 자는 안으로는 금과 구슬 및 좋아하는 노리개 같은 것으로서 섬기고, 밖으로는 그들을 위하여 불법 행동을 함으로써 이들로 하여금 그의 임금의 마음을 변화케 한다. 이것을 곁에 있는 것이라 말하는 것이다.

二曰在旁. 何謂在旁? 曰, 優笑侏儒, 左右近習, 此人主未命而唯唯, 未使而諾諾, 先意承旨, 觀貌察色, 以先主心者也. 此皆俱進俱退, 皆應皆對, 一辭同軌, 以移主心者也. 爲人臣者, 內事之以金玉玩好, 外爲之行不法, 使之化其主, 此之謂在旁.

- 旁(방) : 옆, 곁.
- 優笑(우소) : 우스개짓을 하는 배우(俳優)들.
- 侏儒(주유) : 임금을 우스운 몸짓으로 웃기는 난쟁이들.
- 左右(좌우) : 옆에서 시중 드는 사람들.
- 近習(근습) : 늘 임금과 가까이 지내는 사람들.
- 唯唯(유유) : 네네 하고 대답하는 것.
- 諾諾(낙낙) : 그렇습니다, 그렇습니다 하고 동의하는 것.
- 俱(구) : 임금과 함께.

*여기서는 간신들이 임금을 가까이서 허물 없이 모시는 내시들이나 배우들을 이용함을 설명한 것이다.

한비자

제3권

10. 십과편十過篇

이 편에선 임금의 열 가지 잘못을 들어 설명한다. 첫째는 조그만 충성을 행하는 것, 둘째는 조그만 이익을 돌아보는 것, 셋째는 편벽된 짓을 행하는 것, 넷째는 정치에 힘쓰지 않고 음악을 좋아하는 것, 다섯째는 탐욕스러워 이익을 좋아하는 것, 여섯째는 여자의 교태에 빠지는 것, 일곱째는 나라를 떠나 멀리 여행하는 것, 여덟째는 충신들의 말을 듣지 않는 것, 아홉째는 자기 힘을 모르고 남을 믿는 것, 열째는 나라가 작으면서도 무례한 것 등이다.

여기엔 그중에서 중요치 않은 대목 두어 개만 제외하고 모두 번역키로 한다.

1.

무엇을 작은 충성이라 하는가? 옛날에 초(楚)나라 공왕 (共王)과 진(晉)나라 여공(厲公)이 언릉(鄢陵)에서 싸웠다. 초나라 군사가 패하여 공왕은 그의 눈을 다쳤다. 한창 싸 울 적에 장군(司馬) 자반(子反)이 목이 말라 마실 것을 찾 았다 하인 곡양(穀陽)이 술을 잔에 따라 올렸다.

자반은 말했다.

「어! 술은 물려가라!」

곡양이 말했다.

「술이 아닙니다.」

자반은 그것을 받아 마셨다. 자반은 사람됨이 술을 즐 기고 좋아하여 입에서 떼지를 못하였으므로 취하여 전쟁 을 하였다.

다 끝난 다음 공왕은 다시 싸우려고 사람을 시켜 장군

자반을 불렀다. 장군 자반은 속병을 핑계로 사절하였다. 공왕은 수레를 몰고 직접 가서 그의 장막 안으로 들어갔었으나 술 냄새만 맡고 되돌아왔다. 그리고 말하였다.

「오늘 전쟁은 불리하여 나는 부상만 당하였다. 믿었던 사람은 장군이었는데 장군은 또 이처럼 취해 있었으니, 이것은 초나라 사직(社稷)을 망치고 우리 백성들을 돌보지 않는 짓이다. 나는 더 싸우지 못하겠다.」

이에 군사를 돌리어 돌아가서는 장군 자반을 큰 죄로 다스리어 베었다.

그처럼 하인 곡양이 술을 올렸던 것은 자반과 원수였기 때문이 아니라, 그의 마음 속으로부터 그를 아끼고 그에게 충성을 다하였던 것인데, 마침 그를 죽이고도 남음이 있게 하였던 것이다.

그러므로 조그만 충성을 행하는 것은 큰 충성을 해친다고 말하는 것이다.

奚謂小忠? 昔者楚共王與晋厲公, 戰於鄢陵, 楚師敗而共王傷其目. 酣戰之時, 司馬子反渴而求飲, 豎穀陽操觴酒而進之. 子反曰, 嘻退酒也. 豎穀陽曰, 非酒也. 子反受而飲之. 子反之爲人也, 嗜酒而甘之,

弗能絶於口而醉. 戰旣罷, 共王欲復戰, 令人召司馬
子反. 司馬子反辭以心疾, 共王駕而自往, 入其幄中,
聞酒臭而還. 曰, 今日之戰, 不穀親傷, 所恃者司馬
也. 而司馬又醉如此, 是亡楚國之社稷, 而不恤吾衆
也. 不穀無與復戰矣. 於是還師而去, 斬司馬子反以
爲大戮. 故豎穀陽之進酒, 不以讎子反也, 其心忠愛
之, 而適足以殺之. 故曰, 行小忠, 則大忠之賊也.

- 酣戰(함전) : 전쟁이 한창인 것.
- 司馬(사마) : 군대의 총사령관, 대장군.
- 豎(수) : 하인.
- 操觴酒(조상주) : 술그릇에 술을 따라 가지고.
- 嘻(희) : 감탄사.
- 嗜酒(기주) : 술을 즐기는 것.
- 心疾(심질) : 속병.
- 幄(악) : 군대의 장막.
- 不穀(불곡) : 임금이 자신을 낮추어 부르는 말.
- 恃(시) : 믿는 것, 의지하는 것.

  *사리도 제대로 분간 못하는 조그만 충성은 오히려 충성
을 받는 사람이 해를 입기 쉽다. 여기엔 초나라 장군 자반(子
反)의 보기를 들며 그것을 설명하고 있다.

2.

무엇을 가지고 작은 이익을 돌본다고 하는가? 옛날 진(晋)나라 헌공(獻公)이 우(虞)나라의 괵(虢)나라를 치러 갈 길을 빌리려 하였다. 이때 순식(荀息)이 말하였다.

「임금님께서 수극(垂棘) 땅에서 난 구슬과 굴(屈) 땅에서 난 네 마리의 말을 우(虞)나라 임금에게 뇌물로 바치면서 길을 빌려달라고 하십시오. 그러면 반드시 우리에게 길을 빌려줄 것입니다.」

헌공이 말하였다.

「수극 땅에서 난 구슬은 나의 선군(先君)의 보배이고, 굴땅에서 난 네 마리의 말은 나의 준마(駿馬)요, 만약 우리의 뇌물을 받기만 하고 길을 빌려주지 않는다면 어떻게 하겠소?」

순식이 대답하였다.

「그들이 우리에게 길을 빌려주지 않으려 한다면은 반드시 우리의 뇌물을 감히 받지 못할 것입니다. 만약 우리의 뇌물을 받고서 우리에게 길을 빌려 준다면 그것은 바로 보물을 안창고(內府)에서 끄집어내다가 바깥 창고(外府)에 넣어두는 거나 같고, 말은 마치 안의 마구간에서 몰고 나와 밖의 마구간에 매어두는 거나 같습니다. 임금님께선 걱정 마십시오.」

헌공은 좋다고 승낙하였다.

이에 순식이 수극 땅에서 난 구슬과 굴 땅에서 난 네 마리 말을 우나라 임금에게 뇌물로 바치면서 길을 빌려 줄 것을 요구하게 되었다. 우나라 임금은 탐욕이 많아서 그 구슬과 말을 탐내어 이를 받아들이려 하였다. 이때 궁지기(宮之奇)가 우나라 임금에게 간하였다.

「허락하셔서는 안됩니다. 우나라에게 괵나라가 있다는 것은 마치 수레에 덧방나무가 있는 거나 같습니다. 덧방나무는 수레를 의지하고 수레 역시 덧방나무를 의지하는 데 우나라와 괵나라의 형세는 마치 이와 같습니다. 만약 저들에게 길을 빌려준다면, 곧 괵나라는 아침에 망하고 우나라는 저녁에 이를 따라 망하게 될 것입니다. 안됩니다. 생각도 마시기 바랍니다.」

우나라 임금은 이 말을 듣지 않고 마침내 길을 빌려주었다.

순식은 괵나라를 정벌하여 이들을 쳐부수고 돌아와 삼 년 있다가 군사를 일으키어 우나라를 또 쳐부수었다. 순식이 말을 끌고 구슬을 가져다 헌공에게 바치니 헌공은 기뻐하면서 말하였다.

「구슬은 그대로이지만 말의 나이는 더 많아졌구료!」

　그러니 우나라 임금의 군사가 패하고 땅을 빼앗긴 것은 무엇 때문이었는가? 적은 이익을 좋아하여 그 피해를 생각하지 않았기 때문인 것이다. 그러므로 작은 이익을 돌보는 것은, 곧 큰 이익을 해치는 것이라 말하는 것이다.

　奚謂顧小利? 昔者, 晋獻公欲假道於虞以伐虢. 荀息曰, 君其以垂棘之璧, 與屈産之乘, 賂虞公, 求假道焉, 必假我道. 君曰, 垂棘之璧, 吾先君之寶也, 屈産之乘, 寡人之駿馬也. 若受吾幣, 不假之道, 將奈何? 荀息曰, 彼不假我道, 必不敢受我幣. 若受我幣, 而假我道, 則是寶猶取之内府, 而藏之外府也, 馬猶取之内廐, 而著之外廐也. 君勿憂. 君曰, 諾.

　乃使荀息以垂棘之璧, 與屈産之乘, 賂虞公, 而求假道焉. 虞公貪, 利其璧與馬, 而欲許之. 宮之奇諫曰, 不可許. 夫虞之有虢也, 如車之有輔, 輔依車, 車亦依輔, 虞虢之勢正是也. 若假之道則虢朝亡, 而虞夕從之矣. 不可, 願勿許. 虞公弗聽, 遂假之道. 荀息伐虢克之, 還反處三年, 興兵伐虞, 又剋之. 荀息牽

馬操璧而報獻公, 獻公說曰, 璧則猶是也, 雖然馬齒亦益長矣. 故虞公之兵殆而地削者, 何也? 愛小利而不虞其害. 故曰, 顧小利, 則大利之殘也.

- 虞(우) : 나라 이름. 주(周)나라 태왕(太王)의 아들 우중(虞仲)의 후손들의 나라이다.
- 虢(괵) : 주나라 왕계(王季)의 아들 괵숙(虢叔)의 후손의 나라이다.
- 荀息(순식) : 진(晋)나라 대부 순숙(荀叔).
- 垂棘(수극) : 좋은 구슬이 많이 나는 땅 이름.
- 屈(굴) : 좋은 말이 많이 나는 땅 이름.
- 乘(승) : 수레를 끄는 네 마리의 말. 사마(四馬).
- 廐(구) : 마구간.
- 輔(보) : 수레 덧방나무. 수레 양편에 놓여지는 수레의 중심을 이루는 나무.
- 馬齒(마치) : 말의 이빨. 말은 이빨을 보고 나이를 알아냈음으로「말의 이빨이 더욱 자랐다.」는 것은「말이 늙었다.」는 뜻.

*나라를 다스리는 데 있어서의「열 가지 잘못」중 여기에는「작은 이익을 탐하는 것」이 큰 과오임을 실례를 들어 얘기한 것이다. 우나라 임금이 구슬과 말을 탐내다가 나라를 몽땅 잃은 것은 그 좋은 보기가 된다.

3.

어떤 것을 가지고 음악을 좋아한다고 하는가? 옛날 위
(衛)나라 영공(靈公)이 진(晋)나라로 가려다가 복수(濮水)
가에서 수레를 쉬며 말을 풀어놓고 숙사를 마련하여 묵
고 있었다. 밤이 깊어 새로운 음악을 연주하는 소리를 듣
고서 사람들을 시켜 여러 사람들에게 누가 타는가 물어
보게 하였으나 모두 누가 타는지 모르겠다고 보고하여
왔다. 이에 사연(師涓)을 불러 그에게 말하였다.

「새로운 음악을 연주하는 자가 있어 사람을 시켜 누가
연주하는가 알아보게 하였으나 모두 누가 연주하는 건지
모른다고 하는구료. 그 모습이 귀신과 같으니 그대는 나
를 위하여 이것을 본떠서 배워주시오.」

사연이 그러겠노라 대답을 하고는 조용히 앉아 금(琴)
을 들고 이를 본떠 배우기 시작하였다. 사연이 다음날 아
뢰었다.

「저는 그것을 본뜨기는 하였으나 아직 익히지는 못하
였습니다. 청컨대 다시 하루만 더 묵어 그것을 익히게 하
여 주십시오.」

영공은 그렇게 하라고 대답하고는 다시 묵었다. 다음
날에는 사연이 그 곡조를 익히어 영공은 마침내 진나라

로 떠났다.

진나라 평공(平公)은 시이(施夷)의 누대(臺)에서 그를 맞아 잔치를 베풀었다. 술이 얼근하자 영공이 일어나 말하였다.

「새로운 곡조가 있으니 구경하시기 바랍니다.」

평공이 좋다고 대답하자, 곧 사연을 불러 사광(師曠) 곁에 앉히어 금(琴)으로 그 곡조를 타게 하였다. 곡조가 다 끝나기도 전에 사광이 손을 잡으면서 연주를 말렸다.

「이건 망하는 나라의 음악이오. 다 연주해서는 안되오.」

평공이 말하였다.

「그건 어떻게 해서 나온 것이오?」

사광이 말하였다.

「이것은 사연(師延)이 작곡한 것입니다. 주(紂)왕과 음란함을 즐기던 음악입니다. 주(周)나라 무왕이 주왕을 정벌하자 사연은 동쪽으로 도망가다 복수(濮水)에 이르러 투신 자살하고 말았습니다. 그러니 이 음악을 들은 것은 반드시 복수의 부근일 것입니다. 먼저 이 곡조를 듣는 사람은 그의 나라 땅을 반드시 빼앗기게 될 것이니 끝까지 연주해서는 안됩니다.」

평공이 말하였다.

「내가 좋아하는 것은 음악일 뿐이오. 그대는 그 곡조를 끝까지 연주토록 하오.」

사연은 그 곡조를 끝까지 다 연주하였다.

그때 평공이 사광에게 물었다.

「이건 이른바 무슨 곡조요?」

사광이 대답하였다.

「이것은 이른바 청상곡(淸商曲)이란 것입니다.」

평공이 말하였다.

「청상곡이 본시부터 가장 슬픈 것인가요?」

사광이 대답하였다.

「청치곡(淸徵曲)만큼 슬프지는 않습니다.」

평공이 말하였다.

「청치곡을 한번 들어볼 수 없겠소?」

사광이 대답하였다.

「안됩니다. 옛날에 청치곡을 들을 수 있었던 사람이란 모두 덕과 의로움을 지녔던 임금이었습니다. 지금 저의 임금님께서는 덕이 모자라니 들어서는 안될 것입니다.」

평공이 말하였다.

「내가 좋아하는 것은 음악일 따름이오. 어디 한번 들

어봅시다.」

사광은 하는 수 없이 금(琴)을 들어 곡조를 뜯기 시작
하였다. 한번 연주하자 검은 학 여덟 쌍이 남쪽으로부터
날아와서 곁채 문 들보 위에 모여 앉았다. 두 번 연주하
자 줄을 지었고, 세 번 연주하자 목을 길게 빼어 울면서
날개를 펴고 춤을 추었는데, 우는 소리는 곡조 가락에 맞
았고 그 소리는 하늘로 울려 퍼졌다. 평공은 크게 기뻐하
였고, 그 자리에 앉아 있던 사람들도 모두 기꺼워하였다.

평공이 술잔을 들고 일어나 사광의 장수(長壽)를 빌며
잔을 권하고는 돌아와 앉자 다시 물었다.

「음악 중에는 청치곡보다 더 슬픈 것은 없소?」

사광이 대답하였다.

「청각곡(淸角曲)보다 슬프지는 않습니다.」

평공이 말하였다.

「청각곡을 한번 들어볼 수 있을까요?」

사광이 대답하였다.

「안됩니다. 옛날 황제(黃帝)께서 귀신들을 태산(泰山)
위에 모아놓고, 상아로 장식한 수레를 여섯 마리의 교룡
(蛟龍)으로 하여금 끌게 하고, 나무 귀신 필방(畢方)과 수
레를 나란히 달리고, 치우(蚩尤)는 앞에 달리고, 바람의

신 풍백(風伯)은 길의 먼지를 날려 보내고, 비의 신 우사(雨師)는 길에 물을 뿌리고, 호랑이와 이리는 앞을 달리고, 귀신들은 뒤를 따르고, 하늘을 나는 등뱀(騰蛇)은 땅에 엎드리고 봉황새는 위에 엎드리고, 그렇게 귀신들을 크게 모은 다음에 청각곡을 연주하였습니다. 지금 저의 임금님께서는 덕이 부족하시니 그것을 들으셔서는 안될 것입니다. 그것을 들으시면 장차 낭패를 당하게 되지 않을까 두렵습니다.」

평공이 말하였다.

「나는 늙었소. 좋아하는 건 음악일 따름이오. 그 곡조를 다 듣기 바라오.」

사광은 하는 수 없이 그 곡조를 뜯었다. 한 번 연주하니 검은 구름이 서북쪽으로부터 일어났다. 두 번 연주하니 큰 바람이 일어나고 큰 비가 뒤따르며 장막을 찢고 접시와 그릇을 깨뜨리고 곁채의 기왓장을 떨어뜨리어 앉아 있던 사람들이 모두 흩어져 도망하였다. 평공도 두려워서 곁채 방구석에 엎디어 있었다. 진나라는 크게 가뭄이 들어 땅이 황폐하기 삼 년이나 계속하였다. 평공도 드디어는 폐병이 걸리었다. 그러므로 정사를 처리하고 나라를 다스리는 일에 힘쓰지 아니하고 음악을 절제 없이 좋

아하는 것은 자신을 곤궁하게 만드는 일이라 말하는 것
이다.

奚謂好音? 昔者, 衛靈公將之晉, 至濮水之上, 稅
車而放馬. 設舍而宿, 夜分而聞鼓新聲者而說之, 使
人問左右, 盡報弗聞. 乃召師涓而告之曰, 有鼓新聲
者, 使人問左右, 盡報弗聞, 其狀似鬼神, 子爲我而
寫之. 師涓曰, 諾. 因靜坐撫琴而寫之. 師涓明日報
曰, 臣得之矣, 未習也, 請復一宿習之. 靈公曰, 諾.
因復留宿, 明日而習之. 遂去之晉.

晉平公觴之於施夷之臺, 酒酣, 靈公起曰, 有新聲,
願請以示. 平公曰, 善. 乃召師涓, 令坐師曠之旁, 援
琴鼓之. 未終師曠撫止之曰, 此亡國之聲, 不可遂也.
平公曰, 此道奚出? 師曠曰, 此師延之所作, 與紂爲
靡靡之樂也. 及武王伐紂, 師延東走, 至於濮水而自
投. 故聞此聲者, 必於濮水之上. 先聞此聲者, 其國
必削, 不可遂. 平公曰, 寡人所好者音也, 子其使遂
之. 師涓鼓究之.

平公問師曠曰, 此所謂何聲也? 師曠曰, 此所謂淸
商也. 公曰, 淸商, 固最悲乎? 師曠曰, 不如淸徵, 公

曰, 淸徵, 可得而聞乎? 師曠曰, 不可. 古之得聽淸
徵者, 皆有德義之君也. 今吾君德薄, 不足以聽. 平
公曰, 寡人之所好者音也, 願試聽之. 師曠不得已,
援琴而鼓. 一奏之, 有玄鶴二八道南方來, 集於郞門
之垝, 再奏之而列, 三奏之, 延頸而鳴, 舒翼而舞, 音
中宮商之聲, 聲聞於于天. 平公大說, 坐者皆喜.

平公提觴而起, 爲師曠壽, 反坐而問曰, 音莫悲於
淸徵乎? 師曠曰, 不如淸角. 平公曰, 淸角可得而聞
乎? 師曠曰, 不可. 昔者, 黃帝合鬼神於泰山之上,
駕象車而六蛟龍, 畢方竝鎋, 蚩尤居前, 風伯進掃,
雨師灑道, 虎狼在前, 鬼神在後, 騰蛇伏地, 鳳皇覆
上, 大合鬼神, 作爲淸角, 今主君德薄, 不足聽之, 聽
之將恐有敗. 平公曰, 寡人老矣. 所好者音也, 願遂
聽之. 師曠不得已而鼓之. 一奏, 而有玄雲從西北方
起, 再奏之, 大風至, 大雨隨之, 裂帷幕, 破俎豆, 隳
廊瓦, 坐者散走. 平公恐懼, 伏于廊室之間. 晉國大
旱, 赤地三年. 平公之身遂癃病. 故曰, 不務聽治, 而
好五音不已, 則窮身之事也.

• 濮水(복수) : 진(陳)나라 땅에 흐르던 강물 이름.

- 稅車(세거) : 수레를 타고 가다 쉬는 것.
- 夜分(야분) : 야반(夜半). 한밤중.
- 新聲(신성) : 새로운 음악, 새로운 곡조.
- 弗聞(불문) : 누가 연주하는 건지 알아내지 못하였다는 뜻.
- 師涓(사연) : 위(衛)나라의 음악을 관장하던 태사(太師)의 이름. 옛날 음악을 관장하던 관리를 사씨(師氏)라 하여 성(姓)처럼 불렀고 그 밑에 涓(연)·延(연)·曠(광) 같은 이름을 붙였다.
- 撫(무) : 드는 것, 잡는 것.
- 寫(사) : 본받아 배우는 것.
- 觴(상) : 본시는 술그릇, 여기서는 술을 내어 대접한다는 뜻.
- 施夷(시이) : 땅 이름.
- 撫止(무지) : 그의 손을 잡으며 못 타게 막는 것.
- 遂(수) : 곡조를 끝까지 다 연주하는 것.
- 道奚(도해) : 由何(유하)와 같은 말. 무엇으로 말미암아 어떻게 해서.
- 靡靡(미미) : 음란한 음악을 연주하는 모양.
- 淸商(청상) : 상은 궁(宮)·상(商)·각(角)·치(徵)·우(羽)의 옛 중국 오음(五音)의 하나. 「淸商」이란 「맑은 상성」.
- 二八(이팔) : 여덟 쌍, 열여섯 마리.
- 道南方(도남방) : 道는 從(종)의 뜻, 「남방으로부터」.
- 郞門(랑문) : 郞은 廊(랑)과 통하여 「곁채」, 따라서 郞門은 곁채의 문.
- 垝(궤) : 危(위)와 통하여 「대들보 위」(禮記註), 여기서는 지

붕 용마루 위.

• 提觴(제상) : 술잔을 듦.

• 壽(수) : 술을 권하면서 장수(長壽)하기 비는 것.

• 象車(상거) : 상아(象牙)로 장식한 호화로운 수레.

• 蛟龍(교룡) : 용의 한 종류.

• 畢方(필방) : 나무 귀신 이름(淮南子 氾論訓注).

• 並鎋(병할) : 鎋은 轄(할)과 통하여 수레 바퀴 축대가에 꽂는
빗장 같은 것. 따라서 「並鎋」은 수레를 나란히 하고 달렸다
는 것.

• 蚩尤(치우) : 옛날 황제(黃帝)와 싸웠다는 신 이름.

• 進掃(진소) : 길의 먼지를 쓸어내는 것.

• 灑道(쇄도) : 길에 물을 뿌리는 것.

• 騰蛇(등사) : 하늘을 나는 용의 일종. 등뱀.

• 帷幕(유막) : 장막, 포장.

• 俎豆(조두) : 술안주를 담았던 접시와 그릇.

• 隳(휴) : 무너뜨리다.

• 赤地(적지) : 아무것도 자라지 않아 붉은 땅이 되는 것.

• 癃病(융병) : 몸이 파리해져 죽는 병. 요새의 폐병이 아니었
나 여겨진다.

• 五音(오음) : 본시는 「궁·상·각·치·우」의 오음계를 뜻하
나 여기서는 「음악」.

*「열 가지 잘못」 가운데에서 여기에는 음악을 지나치게

좋아해도 나라를 망치는 원인이 된다는 것을 실례를 들어 설명한 것이다. 유가(儒家)에서는 음악으로서 사람의 성정을 다스리어 덕치(德治)의 효과를 거두려 생각했었다. 그래서 유가들은 사람의 형식을 다스리는 「예」에 「악」을 붙여 「예악(禮樂)」이란 말을 즐겨 썼다. 한비(韓非)가 이처럼 음악의 효용을 부정한 것은 또 다른 면에서의 유가에 대한 공격이라고도 볼 수 있을 것이다.

4

여악(女樂)에 빠진다는 것은 무엇을 말하는가? 옛날에 융(戎)나라 임금이 유여(由余)를 진(秦)나라에 사신으로 보냈다. 그때 진나라 목공(穆公)이 그에게 물었다.

「나는 일찍이 올바른 도에 관하여 들은 일은 있으나 눈으로 그것을 본 일은 없소. 옛날의 명철한 임금이 나라를 얻고 나라를 잃고 하는 것이 늘 무엇 때문이었는가 듣고자 하오.」

유여가 대답하였다.

「제가 일찍이 들은 바로는 늘 검소함으로써 나라를 얻고 사치함으로써 나라를 잃었습니다.」

목공이 말하였다.

「나는 욕됨을 불구하고 선생에게 도에 관하여 물었는데 선생께선 검소하라고 나에게 대답한 것은 무엇 때문이오?」

유여가 대답하였다.

「제가 듣건대, 옛날 요임금이 천하를 다스리실 적에는 흙그릇에 밥을 담아 먹고 흙그릇으로 물을 마셨다 합니다. 그러나 그분의 땅은 남쪽은 교지(交趾)」에 이르고 북쪽은 유도(幽都)에 이르렀으며, 동쪽과 서쪽은 해가 뜨고 지고 하는 곳까지 이르도록 신하로서 복종하지 않는 땅이 없었습니다.

요임금이 천하를 선양(禪讓)하여 순임금이 그것을 물려받았는 데 그는 식기를 만들었습니다. 산의 나무를 베어 재료로 삼아 깎고 톱질한 뒤 그 흔적을 다듬고는 옻을 그 위에 칠하였습니다. 그것을 궁전으로 들여다가 식기로 썼던 것입니다. 제후들도 그 때문에 더욱 사치를 하게 되었는 데 복종하지 않는 나라가 열셋 생겨났습니다.

순임금이 천하를 선양하여 우(禹)임금에게 전하여 주었습니다. 우임금은 제기(祭器)를 만들고 그 바깥쪽엔 옻칠을 하고 그 안은 붉은 칠을 하였으며 비단으로 방석을 만들고 돗자리에는 가장자리에 장식을 베풀었고 술그릇과 술잔엔 채색을 하고 술통과 제기(祭器)에도 장식을 하였습니다. 이처럼 더욱 사치해졌는 데 복종하지 않는 나라들은 서른 셋이 되었습니다.

하(夏)나라 왕조가 멸망하자 은(殷)나라 사람들이 왕조를 물려받았습니다. 그들은 큰 수레를 만들고 깃발엔 아홉 가지 장식을 만들어 꽂고 식기에는 무늬를 조각하고 술잔에도 무늬를 새기었으며, 사방의 벽엔 회칠을 하였고 방석과 자리엔 무늬를 수놓았습니다. 이것은 더욱 사치해진 것인데 복종 않는 나라는 쉰셋으로 늘었습니다. 군자들은 모두 무늬와 장식을 알게 되었는데 복종하려는 사람은 더욱 적어지고 있습니다. 저는 그래서 검소한 것이 올바른 도라 말씀드린 것입니다.」

유여가 나가자 목공은 곧 내사(內史)인 료(廖)를 불러 이 얘기를 말하였다.

「내가 듣건대, 이웃 나라에 성인(聖人)이 있으면 적국의 우환(憂患)이라 하였다. 지금 유여는 성인이다. 나는 그를 걱정하는 데 나로서 그를 어찌하면 좋을까?」

내사 료가 말하였다.

「제가 듣건대, 융나라 임금이 있는 곳은 편벽되고도

길이 멀어서 중국의 음악을 들어 보지 못하였다 합니다. 임금님께선 여악(女樂)을 보내시어 그 나라의 정치를 어지럽히십시오. 그런 뒤에 유여의 돌아갈 날짜를 늦추어 달라고 요청하심으로써 그의 간함을 멀리하십시오. 그들 임금과 신하의 사이가 벌어지게 된 뒤에는 그 나라를 도모할 수 있을 것입니다.」

임금은 좋다고 응낙하고는 곧 내사 료로 하여금 여악 십육 명을 융나라 임금에게 보내주면서 유여에게 돌아갈 날짜를 늦추어 주도록 요청하였다. 융나라 임금은 이를 허락하고 보내준 여악을 보고는 매우 기뻐하였다. 술자리를 베풀어 잔치를 하면서 날마다 여악을 구경하면서 일 년을 한결같이 보내니 그 나라의 소와 말은 반이나 죽음을 당하였다.

유여는 돌아가자 이를 알고 융나라 임금을 간하였으나 융나라 임금은 말을 듣지 않았다. 유여는 드디어 융나라를 떠나 진나라로 왔다. 진나라 목공은 그를 맞아들여 상경(上卿) 자리에 앉히고는 그 나라의 병세(兵勢)와 지형을 물었다. 병세와 지형을 다 안 다음에는 군사를 일으키어 융나라를 쳐서 열두 나라를 병합(併合)시키고 천리 넓이의 땅을 늘였다. 그러므로 여악에 빠져 나라의 정사를

돌보지 않는 것은, 곧 나라를 망치는 화근이 된다고 말하
는 것이다.

奚謂耽於女樂? 昔者, 戎王使由余聘於秦, 穆公問
之曰, 寡人嘗聞道, 而未得目見之也. 願聞古之明主
得國失國何常以? 由余對曰, 臣嘗得聞之矣. 常以儉
得之, 以奢失之. 穆公曰, 寡人不辱而問道於子, 子
以儉對寡人何也? 由余對曰, 臣聞昔者堯有天下, 飯
於土簋, 飮於土鉶, 其地南至交趾, 北至幽都, 東西
至日月之所出入者, 莫不賓服. 堯禪天下, 虞舜受之,
作爲食器. 斬山木而財之, 削鋸修其迹, 流漆墨其上,
輸之於宮, 以爲食器. 諸侯以爲益侈, 國之不服者十
三. 舜禪天下, 而傳之於禹, 禹作爲祭器. 墨漆其外,
而朱畵其內, 縵帛爲茵, 蔣席頗緣, 觴酌有采, 而樽
俎有飾. 此彌侈矣, 而國之不服者三十三. 夏后氏沒,
殷人受之, 作爲大路, 而建九旒, 食器雕琢, 觴酌刻
鏤, 四壁堊墀. 茵席雕文. 此彌侈矣, 而國之不服者
五十三. 君子皆知文章矣, 而欲服者彌少, 臣故曰儉
其道也.

由余出, 公乃召內史廖而告之, 曰, 寡人, 聞鄰國

有聖人, 敵國之憂也. 今由余, 聖人也, 寡人患之, 吾將奈何? 內史廖曰, 臣聞戎王之居, 僻陋而道遠, 未聞中國之聲. 君其遺之女樂, 以亂其政, 而後爲由余請期, 以疏其諫. 彼君臣有間, 而後可圖也. 君曰, 諾. 乃使內史廖以女樂二八遺戎王, 因爲由余請期. 戎王許諾, 見其女樂而說之, 設酒張飮, 日以聽樂, 終歲不遷, 牛馬半死. 由余歸, 因諫戎王, 戎王弗聽, 由余遂去之秦. 秦穆公迎而拜之上卿, 問其兵勢與其地形. 旣以得之, 擧兵而伐之, 兼國十二, 開地千里. 故曰, 耽於女樂, 不顧國政, 則亡國之禍也.

- 耽(탐) : 빠짐. 지나치게 즐김.
- 女樂(여악) : 여자들이 노래하고 춤추고 하는 것.
- 聘(빙) : 외국에 사신으로 가는 것.
- 土簋(토궤) : 흙을 주워 만든 밥그릇.
- 土鉶(토형) : 흙을 구워 만든 국그릇.
- 交趾(교지) : 지금의 월남땅.
- 幽都(유도) : 유주(幽州). 지금의 시베리아 땅.
- 賓服(빈복) : 신하로서 복종하는 것.
- 禪(선) : 禪讓(선양). 임금자리를 남에게 양보하는 것.
- 財(재) : 材(재)와 통하여, 식기를 만드는 재료로 삼는 것.
- 削鋸(삭거) : 칼로 깎고 톱으로 썰고 하는 것.

- 修之迹(수지적) : 톱으로 썬 자국과 칼로 자른 자국을 다듬는 것.
- 漆墨(칠묵) : 까만 옻칠.
- 縵帛(만백) : 무늬 없는 비단.
- 茵(인) : 방석, 깔개.
- 蔣席(장석) : 돗자리.
- 額緣(액연) : 갓을 천으로 싸서 장식을 하는 것.
- 樽俎(준조) : 술통과 제물을 담는 그릇.
- 大路(대로) : 大輅(대로)로도 쓰며 「임금이 타던 큰 수레」.
- 九旒(구류) : 깃발에 다는 아홉 가지 장식.
- 刻鏤(각루) : 무늬를 조각하는 것.
- 堊墀(악지) : 흰 흙으로 깨끗이 바르는 것.
- 內史廖(내사료) : 내사는 벼슬 이름, 료는 사람 이름.
- 僻陋(벽루) : 매우 편벽되고 불편한 것.
- 請期(청기) : 유여가 융나라로 돌아갈 날짜를 연기해 줄 것을 요청하는 것(陳啓天說).
- 二八(이팔) : 십육 명.
- 牛馬半死(우마반사) : 융나라는 중국 서북쪽의 유목민족이어서 소와 말을 돌보지 않아 반이나 죽은 것이다.

  * 여악(女樂)이란 지금 말로는 기녀(妓女)나 같은 것이다. 한비가 아니더라도 누구나 임금이 너무 여악에 빠져 즐기기만 하면은 나라를 망치게 된다고 생각했을 것이다. 그러나 법

과 형벌을 주장하는 한비의 입장은 다른 사람들보다도 여악
에 대한 경계가 한층 엄격했을 것이다.

5.

나라 안을 떠나 먼 곳에 가 논다는 것은 무엇을 말하는
가? 옛날에 제(齊)나라 전성자(田成子)가 바다로 나가 놀
면서 이를 즐기어 여러 대부들에게 명령을 내리었다.

「돌아가자고 말하는 자는 사형에 처한다!」

안탁취(顔涿聚)가 말하였다.

「임금께서 바닷가에서 노시는 것을 즐기시고 있지만
신하들 중에 나라를 도모하려는 자가 있으면 어찌하시렵
니까? 임금께서 비록 즐기신다 하더라도 장차 그러면 어
디로 돌아가시겠습니까?」

전성자가 말하였다.

「내가 명령을 내리어 돌아갈 것을 말하는 자는 사형에
처하겠다고 하였다. 지금 그대는 나의 명령을 범하였
다!」

그리고는 창을 들고 그를 찌르려 하였다. 안탁취가 그
때 다시 말하였다.

「옛날에 걸(桀)왕은 관용봉(關龍逢)이란 충신을 죽였고 주(紂)왕은 왕자 비간(比干) 같은 충신을 죽였습니다. 지금 임금님께서는 비록 저의 몸을 죽이려 하고 계시지만 충신 세 사람을 모두 죽여도 좋다고 생각하시면 좋습니다. 저의 말은 나라를 위한 것이지 저 자신을 위한 게 아닙니다.」

그리고는 목을 뽑고 앞으로 나아가면서「임금님! 찌르십시오!」하고 말하였다. 임금은 이에 창을 던지고 그 길로 수레를 몰아 돌아갔다. 돌아온 사흘 뒤에 나라 사람들 중에 전성자를 나라 안으로 들어오지 못하게 하려고 음모를 꾸민 자가 있다는 말이 들리었다. 전성자가 끝내 제 나라를 다스릴 수 있었던 것은 안탁취의 힘이었다. 그러므로 나라 안을 떠나 먼 곳에 노니는 것은, 곧 몸을 위태롭게 만드는 길이라고 말하는 것이다.

奚謂離內遠遊? 昔者, 田成子遊於海而樂之, 號令諸大夫曰, 言歸者死. 顏涿聚曰, 君遊海而樂之, 奈臣有圖國者何! 君雖樂之, 將安歸? 田成子曰, 寡人布令曰, 言歸者死. 今子犯寡人之令! 授戈將擊之. 顏涿聚曰, 昔桀殺關龍逢, 而紂殺王子比干, 今君雖

殺臣之身, 以三之可也. 臣言爲國, 非爲身也. 延頸而
前曰, 君擊之矣! 君乃釋戈, 趣駕而歸. 至三日, 而
聞國人有謀不内田成子者矣. 田成子所以遂有齊國
者. 顔涿聚之力也. 故曰, 離内遠遊, 則危身之道也.

- 田成子(전성자) : 제(齊)나라 임금 이름. 「설원(說苑)」 정간편
  (正諫篇)엔 제나라 경공(景公)의 일로 기록되어 있다.
- 顔涿聚(안탁취) : 자세한 생평은 알 길이 없다. 「설원」엔 촉과
  (燭過)란 사람이 간한 것으로 되어 있다.
- 援戈(원과) : 창을 들고서.
- 以三(이삼) : 관용봉. 비간과 자기의 세 사람을 합쳐 죽이는 것.

  *이 얘기도 나라를 망치게 되는 「열 가지 잘못」 가운데의
하나로 든 「나라를 멀리 떠나 노는 것」을 실례를 들어 설명한
것이다. 임금이 오랫동안 자리를 비면 나라의 정치도 제대로
되어지지 않겠지만 임금의 자리 자체까지 위태로워진다는 것
은 세상이 어지러울수록 당연한 일이다.

6.

잘못이 있는데도 충신의 말을 따르지 않는다는 것은
무엇을 말하는가? 옛날에 제(齊)나라 환공(桓公)은 제후들

을 규합(糾合)하여 천하를 바로잡아 오패(五覇) 가운데서도 우두머리가 되었는데 관중(管仲)이 그를 보좌(補佐)한 덕분이었다.

관중이 늙어서 일을 처리할 수 없게 되자 자기 집에서 쉬고 있었다. 환공이 그를 찾아가 물었다.

「중보(仲父)께서는 병환이 나시어 댁에 계시니, 불행히도 일어나지 못하게 되는 일이라도 있다면 정치를 누구에게 맡길까요?」

관중이 말하였다.

「저는 늙었으니 묻지 않으심이 좋습니다. 그렇기는 하지만 제가 듣건대, 신하를 알아보는 것은 임금보다 나은 사람이 없고, 자식을 알아보는 데에는 아비보다 나은 사람이 없다고 하였습니다. 임금님께서 한번 마음으로 그 일을 결정해 보십시오.」

임금이 말하였다.

「포숙아(鮑叔牙)는 어떻소?」

관중이 대답하였다.

「안됩니다. 포숙아의 사람됨은 강하고도 고집 세며 사나운 걸 숭상합니다. 강하면 백성들을 난폭하게 다룰 것이며, 고집 세면 민심을 얻지 못할 것이고 사나우면 아랫

사람들이 그를 위해 일하지 않을 것입니다. 그의 마음은 두려운 게 없으니 패자(覇者)의 보필자가 아닙니다.」

환공이 말하였다.

「그렇다면 수조(竪刁)는 어떠하오?」

관중이 대답하였다.

「안됩니다. 사람의 감정이란 그 자신을 사랑하지 않는 사람이 없습니다. 공개적으로 투기를 하면서 내통하기를 좋아하며, 수조는 스스로 거세(去勢)를 함으로써 내부를 다스리려 들었습니다. 그 자신을 사랑하지 않는 데 또 어찌 임금을 사랑할 수가 있겠습니까?」

또 물었다.

「그렇다면 위(衛)나라 공자(公子) 개방(開方)은 어떠합니까?」

관중이 말하였다.

「안됩니다. 제나라와 위나라 사이는 불과 열흘이면 갈 수 있는 거리입니다. 개방은 임금님을 섬기면서 임금님 마음에 들려고 15년 동안이나 돌아가 그의 부모를 뵙지 않았으니, 이것은 사람의 감정에 어긋나는 일입니다. 그의 부모도 친근히 지내지 못한다면 또 어떻게 임금님과 친근히 지낼 수 있겠습니까?」

환공이 물었다.

「그러면 역아(易牙)는 어떻습니까?」

관중이 말하였다.

「안됩니다. 역아는 임금님을 위하여 음식을 만들었는데, 임금님께서 잡수어 보시지 않은 것은 오직 사람의 고기뿐이었습니다. 역아는 그의 아들의 머리를 삶아 올린 일이 있다는 것은 임금님께서도 아시는 일일 겁니다. 사람의 감정은 자기 아들을 사랑하지 않는 이가 없는 데, 지금 그의 아들을 삶아 임금님의 음식을 만들었으니, 자기 아들도 사랑하지 않는 데 또 어떻게 임금을 사랑할 수가 있겠습니까?」

환공이 말하였다.

「그렇다면 누가 좋겠습니까?」

관중이 말하였다.

「습붕(隰朋)이 좋습니다. 그의 사람됨은 마음이 굳으면서도 겉행동은 청렴하며 욕심은 적으면서도 신용이 많습니다. 마음이 굳으면은 곧 남의 사표(師表)가 되기에 충분하고, 겉행동이 청렴하면은 곧 큰 일을 맡기에 충분하고, 욕심이 적으면 곧 여러 사람들을 거느릴 수가 있으며, 신용이 많으면은 곧 이웃 나라와 친하게 지낼 수 있습니다. 이 사람이야말로 패자의 보필자입니다. 임금님께서는 그를 등용하십시오.」

임금은 그러겠다고 말하였다.

1년이 좀 지나서 관중이 죽자 임금은 마침내 습붕을 등용하지 않고 수조를 등용하였다. 수조가 일을 맡은 지 3년 되던 해에 환공이 남쪽 당부(堂阜)로 놀러 나가자 수조는 역아와 위나라 공자 개방과 대신들을 거느리고 반란을 일으켰다. 환공은 목마르고 굶주리다가 남문(南門)가의 궁전 수위실(守衛室)에서 죽었는데, 몸이 죽은 지 석달이 되도록 시체를 거두지 않아 벌레가 문 밖으로 기어나올 지경이었다. 그러므로 환공의 군사들이 천하에 횡행(橫行)하고 오패(五霸)의 우두머리가 되었었으나 마침내는 그의 신하들에게 죽음을 당하여 높은 명성도 없어지고 천하의 웃음거리가 되었던 것은 어째서인가? 그것은 관중의 충고를 따르지 않았기 때문이다. 그러므로 잘못이 있는 데도 충신의 말을 따르지 않고 홀로 자기 뜻대로 행동하는 것은, 곧 그의 높은 명성을 없애어 사람들의 웃음거리가 되는 시초라 말하는 것이다.

奚謂過而不聽於忠臣? 昔者, 齊桓公九合諸侯, 一

匡天下, 爲五伯長, 管仲佐之. 管仲老, 不能用事, 休居於家. 桓公從而問之曰, 仲父家居有病, 卽不幸而不起, 政安遷之? 管仲曰, 臣老矣, 不可問也. 雖然, 臣聞之, 知臣莫若君, 知子莫若父, 君其試以心決之. 君曰, 鮑叔牙何如? 管仲曰, 不可. 夫鮑叔牙爲人, 剛愎而上悍. 剛則犯民以暴, 愎則不得民心, 悍則下不爲用. 其心不懼, 非霸者之佐也.

公曰, 然則豎刁何如? 管仲曰, 不可. 夫人之情, 莫不愛其身. 公妒而好內, 豎刁自獖以爲治內. 其身不愛, 又安能愛君? 曰, 然則衛公子開方何如? 管仲曰, 不可. 齊衛之間, 不過十日之行, 開方爲事君, 欲適君之故, 十五年不歸見其父母, 此非人情也. 其父母之不親也, 又安能親君乎?

公曰, 然則易牙何如? 管仲曰, 不可. 夫易牙爲君主味, 君之所未嘗食, 惟人肉耳. 易牙蒸其首子而進之, 君所知也. 人之情, 莫不愛其子, 今蒸其子以爲膳於君, 其子非愛, 又安能愛君乎?

公曰, 然則孰可? 管仲曰, 隰朋可. 其爲人也, 堅中而廉外, 少欲而多信. 夫堅中則足以爲表, 廉外則可以大任, 少欲則能臨其衆, 多信則能親鄰國. 此霸

者之佐也, 君其用之. 君曰, 諾.

居一年餘, 管仲死. 君遂不用隰朋, 而與豎刁, 刁
涖事三年, 桓公南遊堂阜, 豎刁率易牙, 衛公子開方
及大臣爲亂. 桓公渴餒而死南門之寢, 公守之室, 身
死三月不收, 蟲出於戶. 故桓公之兵橫行天下, 爲五
伯長, 卒見弑於其臣而滅高名, 爲天下笑者, 何也?
不用管仲之過也. 故曰, 過而不聽於忠臣, 獨行其意,
則滅其高名, 爲人笑之始也.

- 九合(구합) : 규합(糾合)과 같은 말.
- 五伯(오백) : 춘추시대의 오패(五霸), 곧 제(齊)나라 환공·진 (晉)나라 문공(文公)·진(秦)나라 목공(穆公)·송(宋)나라 양공 (襄公)·초(楚)나라 장왕(莊王)의 다섯 임금.
- 仲父(중보) : 환공을 높이어 부르는 말.
- 安遷之(안천지) : 정치를 「누구에게 다시 맡길 것인가?」의 뜻.
- 鮑叔牙(포숙아) : 관중과 어릴적부터 친구였다. 관중은 그의 추천으로 제나라 재상이 되었다.
- 愎(퍅) : 고집이 센 것.
- 上悍(상한) : 上은 尙(상)과 통하여 「사나운 짓을 숭상하는 것」.
- 豎刁(수조) : 제나라 환공의 내시(內侍). 뒤에 보이는 것처럼 역아(易牙), 개방(開方)과 함께 반란을 일으켰던 간신임.
- 好內(호내) : 내통하기를 좋아하는 것.

- 自獖(자분) : 스스로 자기 생식기를 잘라 거세(去勢)를 하여 환관(宦官)이 되는 것.
- 適君(적군) : 임금의 마음에 드는 것.
- 味(미) : 임금이 먹는 음식을 만드는 것.
- 首子(수자) : 子首. 아들의 머리.
- 堅中(견중) : 마음이 굳은 것.
- 表(표) : 사표(師表), 의표(儀表).
- 廉外(염외) : 행동이 청렴한 것.
- 堂阜(당부) : 제나라 땅 이름.
- 寢(침) : 궁침(宮寢), 궁전.
- 公守之室(공수지실) : 수위실(守衛室).

* 임금이 나라를 잘 다스리려면 충신의 말을 따라야 한다. 더욱이 어려운 일을 당하거나 잘못이 있을 적에는 충신의 말이 더욱 소중해진다. 여기에선 제나라 환공과 관중의 예를 들어 충신의 말을 따르지 않음으로써 크게 실패하였던 실례를 들고 있다. 화려했던 환공의 죽음이 그처럼 비참하였던 것은 관중의 말을 따르지 않았기 때문이었다.

7.

무엇을 가지고 나라가 작으면서도 무례하다고 하는

가? 옛날 진(晋)나라 공자(公子) 중이(重耳)가 망명(亡命) 다니던 중 조(曹)나라를 지나게 되었다. 조나라 임금은 그에게 윗통을 벗게 하고는 그의 통갈비뼈를 구경하였다. 이부기(釐負羈)와 숙첨(叔瞻)이 앞에서 임금을 모시고 있었는데, 숙첨이 조나라 임금에게 말하였다.

「제가 진나라 공자를 보니 보통 사람이 아닙니다. 임금님께서 그에게 무례한 대우를 하셨으니, 그가 만약 어느 때건 나라로 돌아가 군사를 일으킨다면 조나라가 해를 받을까 두렵습니다. 임금님께서 그를 죽이시는게 좋을 것 같습니다.」

조나라 임금은 듣지 않았다.

이부기가 집으로 돌아와 즐겁지 않은 모습이자, 그의 처가 이부기에게 물었다.

「당신은 밖에서 돌아와 즐겁지 않은 얼굴빛을 짓고 계시니 어찌 된 일입니까?」

이부기가 대답하였다.

「내가 듣건대, 임금의 복(福)은 신하에게까지 미치지 않아도 화(禍)는 신하에게까지 미치게 된다 하였소. 오늘 우리 임금은 진나라 공자를 불러 놓고는 그를 무례하게 대우하였소. 나도 그 앞에 있었으니 그래서 즐거워하지 못하고 있는 거요.」

그의 처가 말하였다.

「제가 보기에, 진나라 공자는 만승천자가 될 만한 임금이고 그를 따르는 신하들은 만승천자의 재상이 될 만한 사람들입니다. 지금 궁지에 몰려 망명을 다니다가 조나라를 지나게 되었는데 조나라에서 무례하게 그를 대우하였으니, 이들이 만약 자기 나라로 돌아가게 되면은 반드시 무례했던 사람들을 죽이려 할 겁니다. 그러면 조나라는 그 첫 번째가 되겠지요. 당신은 어찌하여 먼저 자진하여 몰래 그를 받들지 않습니까?」

이부기는 「그러겠다.」고 말하고는, 곧 병에다 황금을 담고 또 음식을 그릇에 담은 다음 그 위에 구슬을 놓아 밤중에 사람을 시켜 진나라 공자에게 보내주었다. 공자는 그것을 가져온 사람을 보자 두 번 절하며 그 음식은 받았지만 그 구슬은 받지 않았다.

공자는 조나라로부터 초(楚)나라로 들어갔다가 초나라로부터 다시 진(秦)나라로 갔다. 진나라로 들어가 3년 되었을 때 진(秦)나라 목공(穆公)이 여러 신하들을 불러놓고 상의하였다.

「옛날 진(秦)나라 헌공(獻公)과 나의 사귐은 제후들이

라면 듣지 않은 이가 없을 것이오. 헌공이 불행히도 여러
신하들을 떠나 저승으로 간 것은 거의 십 년 가량 되었을
거요. 그의 대를 이은 자식들이 착하지 못하니, 나는 이
러다간 그들의 종묘(宗廟)는 소제해 주는 자가 없고, 그들
의 사직(社稷)은 제사를 받지 못하게 될까 두렵소. 이처럼
불안정하게 둔다는 것은 곧 남과 사귀는 도리가 아닐 것
같소. 나는 중이(重耳)를 도와 진(晉)나라로 들어가게 하
려는 데 어떻게들 생각하시오?」

여러 신하들은 「좋습니다.」하고 찬성하였다. 목공은
곧 군사를 내어 전차(戰車) 오백 대와 정예 기병 이천 명
과 보병 오만 명으로 하여금 중이를 도와 진(晉)나라로
들어가게 하고는 그를 진나라 임금으로 옹립(擁立)하였
다.

중이는 왕위에 오른 지 3년 만에 군사를 일으키어 조
(曹)나라를 쳤다. 그때 사람을 시켜 조나라 임금에게 고
하였다.

「숙첨을 묶어 내달라. 나는 그를 죽임으로써 너의 많
은 백성들을 살육한 것으로 생각하겠다.」

또 사람을 시켜 이부기에게도 고하였다.

「군사들이 성을 공격할 것이다. 나는 그대가 배반하지

않을 것으로 알고 있으니, 그대가 사는 마을을 들어내어 주겠다. 나는 곧 명령을 내리어 군사들로 하여금 그대 집이 있는 마을은 감히 범치 못하도록 하겠다.」

조나라 사람들은 이 말을 듣고서 자기네 친척들을 거느리고서 이부기의 마을로 와 보호받은 자가 칠백여 집이나 되었었다. 이것은 예우(禮遇)의 효용인 것이다. 그처럼 조나라는 작은 나라인 데다가 진(晉)나라와 초나라 사이에 끼어있어 그 임금은 마치 계란을 쌓아 놓은 것처럼 위태로운 처지였다. 그런데도 무례한 행동을 하였으니 이것은 자기 세대를 끊게 하는 원인이 되는 것이다. 그러므로 나라가 작은데도 무례한 짓을 하며 간하는 신하의 말을 따르지 않는 것은, 곧 자기의 세대를 끊는 형세가 된다고 말하는 것이다.

奚謂國小無禮? 昔者, 晉公子重耳出亡, 過於曹, 曹君袒裼而觀之. 釐負羈與叔瞻侍於前. 叔瞻謂曹君曰, 臣觀晉公子, 非常人也. 君遇之無禮, 彼若有時反國而起兵, 卽恐爲曹傷. 君不如殺之. 曹君弗聽.

釐負羈歸而不樂, 其妻問之曰, 公從外來, 而有不樂之色, 何也? 負羈曰, 吾聞之, 有福不及, 禍來連

我. 今日吾君召晉公子, 其遇之無禮. 我與在前, 吾是以不樂. 其妻曰, 吾觀晉公子, 萬乘之主也, 其左右從者, 萬乘之相也. 今窮而出亡, 過於曹, 曹遇之無禮. 此若反國, 必誅無禮, 則曹其首也. 子奚不先自貳焉? 負羈曰, 諾. 乃盛黃金於壺, 充之以餐, 加璧其上, 夜令人遺公子. 公子見使者, 再拜受其餐, 而辭其璧.

公子自曹入楚, 自楚入秦. 入秦三年, 秦穆公召羣臣而謀曰, 昔者, 晉獻公與寡人交, 諸侯莫不聞. 獻公不幸離羣臣, 出入十年矣. 其嗣子不善, 吾恐此將令其宗廟不祓除, 而社稷不血食也. 如是弗定, 則非與人交之道. 吾欲重耳入之晉何如? 羣臣皆曰, 善. 公因起卒, 革車五百乘, 疇騎二千, 步卒五萬輔重耳入之于晉, 立爲晉君.

重耳卽位三年, 擧兵而伐曹矣. 因令人告曹君曰, 縣叔瞻而出之, 我且殺而以爲大戮. 又令人告釐負羈曰, 軍旅薄城, 吾知子不違也, 其表子之閭. 吾卽以爲令, 令軍勿敢犯. 曹人聞之, 率其親戚而保釐負羈之閭者七百餘家, 此禮之所用也. 故曹小國也, 而迫於晉楚之間, 其君之危猶累卵也, 而以無禮蒞之, 此

所以絶世也. 故曰, 國小無禮, 不用諫臣, 則絶世之
勢也.

- 重耳(중이) : 진(晉)나라 헌공(獻公)의 아들. 헌공은 애첩 여희
  (驪姬)의 말을 듣고서 태자 신생(申生)을 죽이고 또 여러 공자
  들을 죽였다. 그래서 중이는 망명하였다가 십여 년 만에야
  나라로 돌아와 임금이 되었는 데, 그가 문공(文公)이다.
- 袒裼而觀之(단석이관지) : 중이는 통갈비뼈라는 소문이 있어
  조(曹)나라 임금은 그의 웃통을 벗기고 그의 가슴을 보았다
  한다(國語 晉語).
- 曹君(조군) : 조나라 임금. 공공(共公)이었다.
- 傷(상) : 해가 된다는 뜻.
- 貳(이) : 두 마음을 갖고 남몰래 두 임금을 섬기는 것.
- 離羣臣(이군신) : 여러 신하들을 떠남, 여기선 죽음을 뜻한다.
- 出入(출입) : 거의, 대략.
- 祓除(불제) : 본시는 푸닥거리를 하여 제액(除厄)하는 것, 여
  기서는 「소제」, 「청소」의 뜻(太田方 韓非子翼毳).

  * 힘도 없이 남에게 무례한 짓을 한다는 것은 나라뿐만 아
니라 개인들까지도 위험한 짓이 된다. 여기서는 조나라가 진
(晉)나라 중이에게 무례한 짓을 하였다가 그 때문에 멸망당한
얘기를 실례로 들고 있다.

한비자

<u>제4권</u>

11. 고분편孤憤篇

「고분」은 「외로운 울분」의 뜻. 올바른 법술을 지닌 사람은 반드시 대신들의 방해로 말미암아 임금에게 재능을 인정받지 못하고 외로이 울분만을 지니게 된다. 한비는 그러한 울분을 토하면서 대신들의 횡포가 심한 당시의 정치체제를 비판한다. 「한비자」 가운데에서도 중요한 편 중의 하나이다. 그중 중요하지 않은 일부분은 여기에 번역을 생략한다.

1.

술법(術法)을 알고 있는 선비는 반드시 멀리 보면서 밝게 살핀다. 밝게 살피지 않으면 자신의 사사로움을 밝힐 수 없다. 법도에 능한 선비는 반드시 강하고 굳세면서도 강직(剛直)하다. 강직하지 않으면 간사함을 바로잡을 수가 없다.

신하 된 사람으로 법령을 따라 일을 처리하고 법에 따라 자기 직분을 다하는 사람은 이른바 권세가(重人)는 아니다. 「권세가」란 법령이 없어도 멋대로 행동하고, 법을 어기면서 개인의 이익을 추구하고, 나라를 손해 보이면서 자기 집안을 부하게 하고, 그의 권력은 그의 임금을 마음대로 할 수 있는 자이다. 이것이 이른바 「권세가」인 것이다.

술법을 아는 선비는 밝게 살핌으로써 벼슬에 임용(任

用)케 되면「권세가」들의 음험한 감정을 밝힌다. 법도에
능한 선비는 강직함으로써 벼슬에 임용케 되면 권세가들
의 간사한 행동을 바로잡아 준다. 그러므로 술법을 알고
법도에 능한 선비들을 등용하면 귀한 벼슬 자리의 신하
들이 반드시 권세를 빼앗기게 된다. 이것이 법술을 알고
법도에 능한 선비와 실권을 쥐고 있는 사람들이 공존(共
存)할 수 없는 원수가 되는 이유이다.

　智術之士, 必遠見而明察, 不明察, 不能燭私. 能
法之士, 必强毅而勁直, 不勁直, 不能矯姦. 人臣循
令而從事, 案法而治官, 非所謂重人也. 重人也者,
無令而擅爲, 虧法以利私, 耗國以便家, 力能得其君,
此所謂重人也. 知術之士明察, 聽用, 且燭重人之陰
情. 能法之士勁直, 聽用, 且矯重人之姦行. 故智術
能法之士用, 則貴重之臣必在繩之外矣. 是知術能法
之士, 與當塗之人, 不可兩存之仇也.

- 燭私(촉사) : 자기의 사사로운 욕망이나 감정을 밝히는 것.
- 强毅(강의) : 강하고 굳센 것.
- 重人(중인) : 「무거운 사람」, 임금을 넘볼 수 있는 권세를 쥐
  고서 멋대로 행동하는 사람.

- 擅爲(천위) : 멋대로 행동하는 것.
- 虧法(휴법) : 법을 망치는 것, 법을 어기는 것.
- 耗國(모국) : 나라에 손해를 끼치는 것.
- 繩之外(승지외) : 권력권에서 제외되는 것, 권세를 잃는 것.
- 當塗之人(당도지인) : 당국자, 실권자들.

* 법술을 알고 법도에 능한 사람이 일을 맡아야만 나라는 잘된다. 그러나 지금의 실권자들은 자기 본위의 생각만을 지닌「권세가(重人)」들이어서, 실제로는 법술과 법도를 아는 사람들과 원수처럼 지내고 있다. 그것은 법술과 법도를 아는 사람들이 벼슬하게 되면 실권자들이 권세를 잃기 때문인 것이다. 한비는 자기도 법술과 법도를 안다고 생각하고 여기에 울분을 토하고 있는 것일 것이다.

2.

나라의 실권을 쥔 사람들이 중요한 일들을 멋대로 하면, 곧 나라 안팎의 사람들이 그들에게 부림을 당하게 된다. 그리하여 제후들도 그들에게 기대지 않으면 일이 제대로 되지 않게 된다. 그러므로 적국은 그를 칭송하는 것이다.

여러 관리들은 그들에게 기대지 않으면 업적을 이루지 못하게 된다. 그러므로 여러 신하들은 그들에게 부림을 당하게 된다. 임금 측근의 사람들도 그들에게 기대지 않으면 임금을 가까이 할 수가 없게 된다. 그러므로 임금 측근에서 그들의 나쁜 짓을 숨겨 주게 된다. 학자들은 그들에게 기대지 않으면 받는 녹이 박하게 되고 대우도 낮아진다.

그러므로 학자들은 그들을 위하여 선전하게 된다. 이 네 가지 보조자들은 간악한 신하들이 자기 자신을 꾸미는 근거가 되는 것이다.

「권세가」들은 임금에게 충성을 다하며, 그들의 원수 같은 술법과 법도를 아는 사람들을 추천하지 못한다. 임금도 네 가지 보조자들을 넘어서서 그의 신하들을 밝게 살필 수가 없다. 그러므로 임금은 더욱 가리워지고 대신들은 더욱 권세가 무거워지게 되는 것이다.

當塗之人擅事要, 則外內爲之用矣. 是以諸侯不因, 則事不應, 故敵國爲之訟. 百官不因, 則業不進, 故羣臣爲之用. 郎中不因, 則不得近主, 故左右爲之匿. 學士不因, 則養祿薄禮卑, 故學士爲之談也. 此

四助者, 邪臣之所以自飾也. 重人不能忠主而進其
仇, 人主不能越四助而燭察其臣, 故人主愈弊而大臣
愈重.

- 事要(사요) : 중요한 정사(政事).
- 訟(송) : 頌(송)과 통하여, 실권자들을 칭찬하는 것.
- 郎中(낭중) : 임금 곁에서 시중하는 신하들.
- 匿(익) : 잘못을 숨기는 것.
- 談(담) : 실권자들의 업적을 선전하고 칭찬하는 것.
- 弊(폐) : 蔽(폐)와 통하여, 그의 생각과 권세가 가리워지는 것.

  * 실권자들은 이웃 나라 제후들과 여러 관리들과 임금의
측근자들과 학자들을 손아귀에 넣고 이용한다. 임금도 이 네
가지 보조자들 때문에 마음대로 권세를 쓸 수가 없게 된다는
것이다.

3.
  무릇 실권자들이란 임금에게 신용과 사랑을 받지 않
는 경우가 드물며, 또한 오랫동안 사귀어 온 사이이다.
그들이 임금의 마음을 따라서 좋아하고 싫어함을 함께

하는 것은 본시부터 자진하여 그렇게 해온 것이다. 그들의 벼슬과 작위는 높고 무리들은 또한 많아서 온 나라가 그들 때문에 떠들썩하게 된다.

그런데 법술을 지닌 선비로서 임금에게 자기 뜻을 밝히려는 사람들은 임금에게 신용과 사랑을 받는 친분(親分)이나 오래 사귀어 온 은택도 없다. 또 법술에 관한 이론으로서 임금의 한편으로 치우친 마음을 바로잡아주려 한다. 이것은 임금의 뜻과 반대가 되는 것이다. 그러니 비천하게 세상을 살아가고 무리 없이 고독하게 된다.

임금과 먼 관계의 사람과 사랑과 신용을 받는 사람이 다투면 이기지 못할 것은 빤한 이치이다. 새로 끼게 된 사람이 오래 사귀어 온 사람과 다툰다면 이기지 못할 것은 빤한 이치이다. 임금의 뜻에 반대되는 사람과 임금과 함께 좋아하는 사람이 다투면 이기지 못할 것은 빤한 이치이다. 가볍고 천한 신분으로서 귀하고 무거운 신분의 사람과 다툰다면 이기지 못할 것은 빤한 이치이다. 한 사람의 입을 가지고서 온 나라와 다툰다면 이기지 못할 것은 빤한 이치이다.

법술이 있는 선비들은 이 다섯 가지의 이길 수 없는 세력에 억눌리어 몇 해가 걸려도 임금을 뵙지조차도 못한다. 실권자들은 이 다섯 가지 우세한 바탕을 이용하여 아침 저녁으로 홀로 임금 앞에서 얘기하고 있다. 그러니 법술이 있는 선비들이 어떻게 나아갈 길이 있겠으며, 임금은 언제나 깨달을 수 있게 되겠는가! 그처럼 절대로 이길 수 없는 바탕을 지니고서 함께 공존할 수 없는 형편에 놓여 있으니, 법술이 있는 선비들이 어찌 위험하지 않을 수가 있겠는가?

凡當塗者之於人主也, 希不信愛也, 又且習故. 若夫卽主心, 同乎好惡, 固其所自進也. 官爵貴重, 朋黨又衆, 而一國爲之訟. 則法術之士欲干上者, 非有所信愛之親, 習故之澤也. 又將以法術之言, 矯人主阿辟之心, 是與人主相反也, 處勢卑賤, 無黨孤特. 夫以疏遠與近愛信爭, 其數不勝也. 以新旅與習故爭, 其數不勝也. 以反主意與同好爭, 其數不勝也. 以輕賤與貴重爭, 其數不勝也. 以一口與一國爭, 其數不勝也. 法術之士, 操五不勝之勢, 以歲數而又不得見. 當塗之人, 乘五勝之資, 而旦暮獨說於前. 故法術之士, 奚道得進, 而人主奚時得悟乎! 故資必不勝, 而勢不兩存, 法術之士焉得不危?

- 希(희) : 稀(희)와 통하여「드물다」는 뜻.
- 習故(습고) : 예부터 오랫동안 사귀어 익숙하여진 것.
- 訟(송) : 얘기하는 것, 떠들썩하게 칭찬하는 것.
- 干上(간상) : 임금에게 자기의 경륜을 아뢰어 뜻을 펴보려 하는 것.
- 阿辟(아벽) : 한편으로 치우친 것.
- 數(수) : 정해진 이치.
- 新旅(신려) : 새로 한몫 끼게 된 사람.
- 焉(언) : 어찌, 어떻게.

＊실권자들은 임금의 신임을 빙자하여 나라의 정치를 그르친다. 그러나 올바른 정치를 할 수 있는 법술 있는 선비들은 임금 가까이 가보지도 못한다. 그것은 실권자들은 임금의 신임이 있고, 임금과 오래 사귀었고, 임금의 성격을 알고 있고 권세가 있고, 그를 지지하는 무리가 있기 때문이다. 이런 여건 아래 나라를 바로잡아보려는 법술 있는 선비가 있다면 그의 처지가 위태로워질 것임은 말할 나위도 없겠다.

4.

실권자들은 법술 있는 선비들에게 죄를 뒤집어 씌울 수 있을 적에는 공공연히 법으로써 그들을 처단한다. 죄과를 뒤집어 씌울 수가 없을 적에는 사사로이 칼로써 목숨을 뺏는다. 이리하여 법술에 밝으면서도 임금의 뜻을 거스리는 사람은 관리들의 처벌에 죽음을 당하지 않으면 반드시 개인의 칼에 죽게 된다.

붕당을 이루고 가까이서 아첨함으로써 임금을 가리어서, 비뚤어진 말을 하고 개인적으로 통하는 사람들은 반드시 「권세가」들에게 신임을 받게 된다. 그러므로 그의 공적을 자기 것으로 빌 만한 사람이면 벼슬과 작위로써 그들을 귀하게 하여 준다. 아름다운 명성을 빌 만한 사람이면 외부의 권세를 주어 그를 중하게 하여 준다. 그리하여 임금을 가리고서 권세 있는 사람과 개인의 집을 드나드는 자는 벼슬이나 작위가 높아지지 않으면 반드시 외부의 권세라도 중하여진다.

지금 임금은 사실을 검토하여 보지도 않고 처벌을 행하며, 공로가 드러나는 것을 기다리지 않고 작위와 녹을 내려 준다. 그러므로 법술이 있는 선비들이 어떻게 죽음을 무릅쓰고 그의 의견을 아뢸 수가 있겠는가? 간사한 신하들은 어찌 이익이 많은 데도 그 자신이 물러나려 하겠는가? 그러므로 임금은 더욱 권세가 줄어들고 세도 있는 개인들의 집안은 더욱 존귀하여지는 것이다.

其可以罪過誣者以公法而誅之, 其不可被以罪過
者, 以私劍而窮之. 是明法術而逆主上者, 不僇於吏
誅, 必死於私劍矣. 朋黨比周以弊主, 言曲以便私者,
必信於重人矣. 故其可以功伐借者, 以官爵貴之, 其
可借以美名者, 以外權重之. 是以弊主上而趨於私門
者, 不顯於官爵, 必重於外權矣. 今人主不合參驗而
行誅, 不待見功而爵祿, 故法術之士安能蒙死亡而進
其說, 姦邪之臣, 安肯乘利而退其身? 故主上愈卑,
私門益尊.

- 誣(무) : 사람들을 속이는 것, 속이어 죄를 덮어 씌우는 것.
- 私劍(사검) : 사사로운 개인의 칼. 자객의 칼을 뜻함.
- 窮(궁) : 목숨이 다하게 하는 것, 목숨을 빼앗는 것.
- 僇(육) : 戮(육)과 통하여, 죽이는 것.
- 吏誅(이주) : 관리들의 처벌.
- 比周(비주) : 친근히 굴며 아부하는 것.
- 外權(외권) : 외부의 권세, 중앙관청 이외의 벼슬.
- 弊(폐) : 蔽(폐)와 통하여, 임금의 판단력을 「가리는 것.」
- 私門(사문) : 세도 있는 개인의 집 문.
- 參驗(참험) : 사실과 들어맞는가 검토하는 것.
- 蒙(몽) : 무릅쓰는 것.
- 愈卑(유비) : 임금의 권세가 더욱 낮아지는 것.

* 세도를 잡은 신하들은 자기들 뜻에 반하는 사람들을 죄를 씌워 죽이거나 검객을 시켜 암살하거나 한다. 그리고 반대로 자기들에게 아첨하여 자기들이 이용할 가치가 있는 자들만을 벼슬자리에 앉힌다. 임금은 그것도 모르고 간신들의 말을 따라 함부로 처벌하고 함부로 벼슬자리를 준다. 그 결과 임금의 권세는 줄어들고 간신들의 권세만이 늘어나게 된다는 것이다.

5.

법술을 실행하기 어려운 것은 만승(萬乘)인 천자에게뿐만 아니라 천승(千乘)인 제후들에게 있어서도 마찬가지이다. 임금의 주위 신하들은 반드시 지혜 있는 사람들만은 아니다. 그런데 임금이 사람을 대할 적에는 지혜가 있다고 생각하기 때문에 그의 말을 들을 것이다. 그러니 옆의 신하들과 그의 말에 대하여 논한다는 것은 어리석은 사람과 지혜를 논하는 격이 된다.

임금의 주위 신하들은 반드시 현명한 사람들만은 아니다. 임금이 사람을 대할 적에는 현명한 데가 있다고 생각하기 때문에 그를 대우하는 것일 것이다. 그러니 옆의

신하들과 그의 행동을 논한다는 것은 못난 자들과 현명
함을 논하는 격이 된다.

지혜 있는 사람의 계책이 어리석은 사람에 의하여 검
토 결정되며, 현명한 사람의 행동이 못난 자에 의하여 평
가되는 것이다. 그러면 현명하고 지혜 있는 선비들은 이
를 수치로 여기게 될 것이며 임금의 논의는 사리에 어긋
나게 될 것이다.

凡法術之難行也, 不獨萬乘, 千乘亦然. 人主之左
右, 不必智也, 人主於人有所智而聽之, 因與左右論
其言, 是與愚人論智也. 人主之左右, 不必賢也, 人
主於人有所賢而禮之, 因與在右論其行, 是與不肖論
賢也. 智者決策於愚人, 賢士程行於不肖, 則賢智之
士羞, 而人主之論悖矣.

• 萬乘(만승) : 전차(戰車) 만 대. 옛날 천자는 만 대의 전차가
  있어 천자를 「만승」이라 불렀다. 千乘(천승)은 제후들.
• 決策(결책) : 계책을 검토하여 실행 여부를 결정하는 것.
• 程(정) : 헤아리는 것, 평가하는 것.
• 悖(패) : 사리에 어긋나는 것.

＊법술이 있는 선비들이 임금에게 의견을 말하여 나라를 바로잡으려 해도, 임금의 주위에는 어리석은 자들과 못난 자들로 둘러싸여 있어 그의 뜻을 이루지 못한다. 그리하여 임금의 권세는 날로 줄어들고 정치는 어지러워진다는 것이다.

6.

신하들 가운데 벼슬을 얻고자 하는 사람들은, 수양을 쌓은 선비라면 또한 그의 정결함으로써 몸을 굳히고 있을 것이며, 지혜 있는 선비라면 또한 그의 이론을 다듬어 자기 일을 해나가고 있을 것이다. 수양을 쌓은 선비는 뇌물로써 남을 섬길 수가 없고 그의 정결함만을 믿을 것이며, 더욱이 법을 어기고 일을 처리할 줄 모를 것이다. 그러니 수양을 쌓고 지혜 있는 선비들은 임금 측근자들을 섬기지 않고 뒷길로 만나 청탁하는 방법도 따르지 않는다.

임금의 신하들은 행동이 백이(伯夷)처럼 결백하지 않다. 요구해도 얻는 게 없고 뇌물도 들어오지 않는다면 정결하고 논리 있는 공도 없어지게 되고 훼방과 중상모략하는 말이 일어나게 될 것이다. 이처럼 어지러움을 다스릴 수 있는 공은 임금의 측근자들에게 제지를 당하며 정결한 행동이 신하들의 평판에 의하여 결판이 난다. 그러면 수양을 쌓고 지혜 있는 관리들은 쫓겨나고 임금의 밝은 판단은 막히게 될 것이다. 공로를 가지고 지혜 있는 행동을 결판짓지 아니하고, 사실의 검토로써 죄과를 확정짓지 아니하고, 옆의 측근자들의 말만 듣는다면 곧 무능한 선비들이 조정에 있게 되고 어리석고 더러운 관리들이 벼슬을 차지하게 될 것이다.

人臣之欲得官者, 其修士且以精潔固身, 其智士, 且以治辯進業. 其修士, 不能以貨賂事人, 恃其精潔而更不能以枉法爲治, 則修智之士, 不事左右, 不聽請謁矣. 人主之左右, 行非伯夷也, 求索不得, 貨賂不至, 則精辯之功息, 而毀誣之言起矣. 治亂之功制於近習, 精潔之行決於毀譽, 則修智之吏廢, 而人主之明塞矣. 不以功伐決智行, 不以參伍審罪過, 而聽左右近習之言, 則無能之士在廷, 而愚汚之吏處官矣.

• 修士(수사) : 수양을 쌓은 선비.

- 精潔(정결) : 「청렴결백한 행동」.
- 治辯(치변) : 자기 말의 논리를 다듬는 것.
- 貨賂(화뢰) : 뇌물.
- 枉法(왕법) : 법을 어기는 것. 뒤의 「治」는 일을 처리함을 뜻함.
- 請謁(청알) : 권세 있는 자들에게 뒤로 청탁하여 출세하는 것.
- 伯夷(백이) : 은(殷)나라 말기 고죽군(孤竹君)의 맏아들. 주나라 무왕(武王)이 은나라를 처부수자, 두 왕조의 임금을 섬길 수는 없다고 생각하고 숙제(叔齊)와 함께 수양산(首陽山)으로 들어가 고비를 뜯어 먹으며 살다 죽은 어진 사람.
- 毀誣(훼무) : 훼방하고 중상모략을 하는 것.
- 近習(근습) : 임금을 가까이서 모시는 사람들.
- 參伍(참오) : 견주어 사실을 검토하고 결론을 종합하는 것.

*여기서도 수양을 쌓은 지혜 있는 사람들이 간사한 신하들에게 막히어 벼슬 못하는 울분을 토하고 있다. 임금은 어리석고 간사한 자기 비위만 맞추는 신하들의 말만 듣는 결과 무능한 자들이 조정에서 벼슬하고 어리석고 더러운 관리들이 높은 지위에 있게 된다는 것이다.

12. 세난편說難篇

   임금을 설득시키는 어려움을 논한 편이다. 여러 가지 다른 성격의 임금들을 상대로 여러 나라를 돌아다니며 유세(遊說)하는 어려움을 얘기하는데, 위대한 재능을 품고 있으면서도 뜻을 펴지 못하는 한비의 열정이 글 속에서 느껴진다. 이 편은 「한비자」가운데에서 유명한 글로서 사마천(司馬遷)의 「사기(史記)」에도 거의 전문이 소개되고 있다.

1.

무릇 유세(遊說)가 어렵다는 것은, 내가 갖고 있는 지혜로써 임금을 설득하는 것이 어려운 게 아니며, 내 변설(辯說)로서 나의 뜻을 밝히는 것이 어려운 게 아니며, 또 내 말이 감히 빗나가 뜻을 다하기 어려운 것도 아니다.

유세의 어려움은 설득시키려는 임금의 마음을 알아 가지고 나의 설을 그에게 부합시키는 데 있다. 설득시키려는 상대가 명예를 높이 여기는 사람인데도 두터운 이익으로써 그를 설득시키면, 곧 너절한 자라고 보며 비천한 자를 만났다고 여겨져 반드시 멀리 버림을 당할 것이다.

설득시키려는 상대가 이익을 두터이 여기는 사람인데도 높은 명예로써 그를 설득시키면, 곧 마음이 없는 사정에 어두운 자로 여겨져 반드시 받아들여지지 않을 것이다.

설득시키려는 상대가 속으로는 이익을 두터이 여기면
서도 겉으로는 명예를 높이는 사람인데도 높은 명예로서
그를 설득하면, 곧 겉으로는 그의 몸을 받아들이는 체하
면서도 사실은 그를 멀리할 것이다. 두터운 이익으로써
그를 설득하면, 곧 속으로는 그의 말을 따르면서도 겉으
로는 그의 몸을 버릴 것이다. 이것은 잘 살피지 않으면
안되는 것이다.

凡說之難, 非吾知之有以說之之難也, 又非吾辯之
能明吾意之難也, 又非吾敢橫失而能盡之難也. 凡說
之難, 在知所說之心, 可以吾說當之. 所說出於爲名
高者也, 而說之以厚利, 則見下節而遇卑賤, 必棄遠
矣. 所說出於厚利者也, 而說之以名高, 則見無心而
遠事情, 必不收矣. 所說陰爲厚利而顯爲名高者也,
而說之以名高, 則陽收其身而實疏之. 說之以厚利,
則陰用其言, 顯棄其身矣. 此不可不察也.

- 橫失(횡실) : 橫佚(횡일)로 되어 있는 판본도 있으며「말이 빗
  나가는 것」.
- 名高者(명고자) : 명예를 높이 여기는 자.
- 下節(하절) : 낮은 너절한 자.

* 임금들을 설득시키기 어려운 것은 자기가 아는 게 없다든가 말을 잘 못하기 때문이 아니라 임금의 성격이나 기호(嗜好)가 가지각색이기 때문이다. 여기에선 그러한 몇 가지 예를 들면서 유세의 어려움을 논하고 있다.

2.

모든 일은 비밀을 지킴으로써 이루어지고 여러 가지 모의(謀議)는 누설됨으로써 실패한다. 반드시 그 자신이 일을 누설시키는 게 아니라 임금과 말하다 말이 그 숨기고 있는 일에 미치게 되는 것이다. 이러한 사람은 몸이 위태롭다.

임금이 겉으로는 어떤 일을 드러내 놓고 있으면서도 실제로는 다른 일을 이룩하려 하고 있을 때, 유세하는 사람이 겉으로 내놓은 일을 알 뿐만이 아니라 또 임금이 하고 있는 일까지 아는 사람이 있다. 이러한 사람은 몸이 위태롭다.

또 다른 일을 꾀한 것이 임금의 마음에 들었다 하더라도 지혜 있는 사람이 그것을 밖에서 추측하여 알고서는 그 일을 외부에 누설하면 반드시 그 자신이 누설했다고 여기게 된다. 이러한 사람은 몸이 위태롭다.

임금의 총애가 두텁지 않은데도 말하는 게 극히 지혜로우면, 그의 말한 것을 시행하여 공로가 있다 하더라도 그의 덕택임을 잊게 되며, 그의 말한 것이 시행되지 못하고 결함이 있다고 알게 되면 곧 의심을 받게 된다. 이러한 사람은 몸이 위태롭다.

귀한 사람에게 약간의 과오가 있었을 때 유세하는 사람이 예의를 밝혀 말하며 그의 잘못을 드러낸다면, 이러한 사람은 몸이 위태롭다.

귀한 사람이 간혹 계책을 듣고서 자기의 공으로 삼고자 하였을 때, 유세하는 사람이 이를 아는 체한다면, 이러한 사람은 몸이 위태롭다.

억지로 임금이 행할 수 없는 일을 행하게 하려 들고, 임금이 그만둘 수 없는 일을 그만두게 하려 든다면, 이러한 사람은 몸이 위태롭다.

夫事以密成, 語以泄敗. 未必其身泄之也, 而語及
所匿之事, 如此者身危. 彼顯有所出事, 而乃以成他
故, 說者不徒知所出而已矣, 又知其所以爲, 如此者
身危. 規異事而當, 知者揣之外而得之, 事泄於外,

必以爲己也, 如此者身危. 周澤未渥也, 而語極知,
說行而有功, 則德忘, 說不行而有敗, 則見疑, 如此
者身危. 貴人有過端, 而說者明言禮義以挑其惡, 如
此者身危. 貴人或得計, 而欲自以爲功, 說者與知焉,
如此者身危. 彊以其所不能爲, 止以其所不能已, 如
此者身危.

- 密(밀) : 비밀을 지킴.
- 泄(설) : 비밀이나 계획을 누설함.
- 揣(췌) : 헤아리다, 추측하다.
- 周澤(주택) : 임금의 은택, 임금의 총애.
- 渥(악) : 젖는 것, 흠뻑 받는 것.
- 過端(과단) : 과오의 발단, 약간의 잘못.
- 挑(도) : 들추어내는 것.
- 彊(강) : 강요, 억지.

　*사람의 마음 가짐은 미묘한 작용을 하고 있는 것이기 때
문에 임금을 설복기키려는 사람은 매우 조심하지 않으면 안
된다. 여기에선 여러 가지 유세하는 사람이 위태로워지는 경
우를 예를 들어 설명하고 있다. 어지러운 전국시대를 사는 지
식인들의 복잡한 처지가 눈앞에 보이는 듯하다.

3.

그러므로 임금과 더불어 대신들을 논하면, 곧 임금은 간접적으로 자기를 비평하는 것으로 안다. 임금과 더불어 낮은 사람들을 논하면, 곧 아래로 임금의 권세를 파는 것으로 안다. 임금이 총애하는 사람들에 대하여 논하면, 곧 임금은 그들을 그가 자기 편으로 이용하려는 것으로 안다. 임금이 미워하는 사람들에 대하여 논하면, 곧 임금은 자기 마음을 시험하려는 것으로 안다.

또 자기의 설을 간단히 생략하여 얘기하면, 곧 지혜 없는 졸렬한 사람으로 여긴다. 세상 일에 대하여 널리 얘기하면, 곧 많이 알기만 하는 수다스런 사람으로 여긴다. 일을 간략히 표현하며 자기 뜻을 얘기하면, 곧 겁이 많아 할 말도 다 못하는 사람으로 여긴다. 일을 널리 생각하며 크게 멋대로 표현하면, 곧 교양 없는 거만한 사람으로 여긴다. 이러니 유세의 어려움을 알지 않으면 안되는 것이다.

故與之論大人, 則以爲閒己矣. 與之論細人, 則以爲賣重. 論其所愛, 則以爲藉資. 論其所憎, 則以爲嘗己也. 徑省其說, 則以爲不智而拙之. 米鹽博辯, 則以爲多而交之. 略事陳意, 則曰怯懦而不盡. 慮事

廣肆, 則曰草野而倨侮. 此說之難, 不可不知也.

- 與之(여지) : 유세하는 사람이 임금과 더불어.
- 大人(대인) : 지위가 높은 사람. 앞에 보인 「무거운 사람(重人)」.
- 間己(간기) : 간접적으로 자기를 비평하다.
- 細人(세인) : 지위가 낮은 사람들.
- 賣重(매중) : 重은 權(권)의 뜻(王先愼說), 따라서 「임금의 권세를 이용하여 낮은 사람들 사이에 세력을 심는 것」.
- 藉資(자자) : 임금이 좋아하는 사람들을 빌어(藉) 자기가 이용할 수 있는 근거(資)로 삼는 것.
- 嘗己(상기) : 자기를 시험하는 것.
- 米鹽(미염) : 쌀과 소금 같은 백성들 생활에 관련된 여러 가지 세상 일.
- 交(교) : 久(구)로 된 판본도 있으나 모두 史(사)의 잘못(顧廣圻說 韓非子集解). 史는 사관처럼 말이 많은 것.
- 怯懦(겁유) : 겁을 내는 것.
- 不盡(부진) : 자기가 하고 싶은 말을 다하지 않는 것.
- 廣肆(광사) : 넓은 범위의 일을 멋대로 떠들어대는 것.
- 倨侮(거모) : 거만하게 굴며 남을 넘보는 것.

＊여기에선 유세하는 사람이 임금을 설득시킬 때 얘기하는 방법과 내용을 잘 선택하여야 함을 역설하고 있다. 임금에게

함부로 얘기하다 보면 임금에게 오해를 받고 불리한 처지에 놓이기 쉽게 된다.

4.

무릇 유세하는 사람이 힘써야만 할 일은 설득하는 대상이 뽐내는 일을 꾸미어 주면서 그가 수치로 아는 일은 감소시켜 줄줄 아는 것이다. 그 임금이 개인적으로 서두르는 일이 있으면 반드시 공의(公義)를 내세워 그것에 힘쓰게 하여야 한다. 그 임금이 속으로는 나쁘게 여기고 있지만 그러나 그만둘 수 없을 적에는 유세하는 사람은 그를 위하여 그 일을 아름답게 꾸미어 주면서 그 일을 하지 않는 것이 좋지 않다고 해야 한다. 그의 마음속으로는 높이 평가하고는 있지마는 실지로는 어찌할 수 없는 일이라면 유세하는 사람은 그 임금을 위하여 그 일의 잘못을 들고, 그 일의 나쁜 점을 드러내어 그 일을 행하지 않는 것을 높이 평가해야만 한다.

임금이 지혜와 능력을 뽐내려 하고 있다면 임금을 위하여 다른 같은 종류의 일을 예로 들고, 많은 여지(餘地)를 만듦으로써 임금으로 하여금 나의 설을 따르도록 하면서도, 자기는 모르는 체하고 임금이 그의 지혜를 근거로 삼게 해야 한다.

외국과 함께 잘 지내야 한다는 말을 받아들이게 하고자 한다면, 곧 반드시 아름다운 표현으로 그것을 밝히면서 그것이 개인의 이익과도 부합되는 일임을 약간 드러내어야 한다. 자기 나라의 위해(危害)에 관한 일을 얘기하고자 한다면, 곧 그 일이 해롭고 옳지 못함을 드러내면서 그것은 임금 개인의 걱정과도 부합되는 것을 약간 암시해야 한다.

임금과 다른 사람 중에 같은 행동을 하는 사람이 있으면 칭찬해 주고, 임금의 계획과 같은 다른 일이 있으면 그 다른 일을 비평한다. 임금과 같은 결점을 가진 이가 있으면, 곧 반드시 그것이 해롭지 않음을 크게 꾸미어 주어야 하고, 임금과 같은 실패를 한 이가 있으면, 곧 반드시 그것은 잘못이 아님을 밝게 꾸미어 주어야 한다.

임금이 자신의 능력을 스스로 크게 평가하고 있다면, 곧 곤란한 일로서 그것을 거슬려서는 안된다. 스스로 결단을 내림에 용감하다고 생각하고 있다면, 곧 그 잘못을 지적함으로써 그를 노하게 하여서는 안된다. 스스로 계책을 세우는데 지혜 있다고 생각한다면 그의 실패를 들

어 그를 추궁해서는 안된다. 말하는 대의(大意)가 임금의
뜻을 거스리지 않고, 말씨는 걸리는 데가 없은 뒤라야 지
혜와 변설(辯說)을 멋대로 구사(驅使)할 수 있는 것이다.
이 방법이야말로 임금에게 친근하여지면서도 의심을 받
지 아니하고, 하고 싶은 말을 다할 수 있는 길인 것이다.

　凡說之務, 在知飾所說之所矜, 而滅其所恥. 彼有
私急也. 必以公義示而强之. 其意有下也, 然而不能
已, 說者因爲之飾其美, 而少其不爲也. 其心有高也,
而實不能及, 說者爲之擧其過而見其惡, 而多其不行
也. 有欲矜以知能, 則爲之擧異事之同類者, 多爲之
地, 使之資說於我, 而佯不知也, 以資其智. 欲內相
存之言, 則必以美名明之, 而微見其合於私利也. 欲
陳危害之事, 則顯其毀誹, 而微見其合於私患也. 譽
異人與同行者, 規異事與同計者, 有與同汚者, 則必
以大飾其無傷也. 有與同敗者, 則必以明飾其無失
也. 彼自多其力, 則毋以其難槪之也. 自勇其斷, 則
無以其謫怒之. 自智其計, 則毋以其敗窮之. 大意無
所拂悟, 辭言無所繫縻, 然後極騁智辯焉. 此道所得
親近不疑, 而得盡辭也.

- 下(하) : 낮게 평가하는 것, 좋지 않게 여기는 것. 뒤의 「高(고)」는 그 반대.
- 少(소) : 좋지 않게 평가하는 것. 뒤의 「多(다)」는 그 반대.
- 佯(양) : 거짓.
- 內(내) : 받아들이는 것.
- 相存(상존) : 그 나라와 외국이 잘 지내는 것.
- 毀誹(훼비) : 해롭고 옳지 않다고 비평하는 점.
- 微見(미현) : 약간 드러냄, 암시함.
- 汙(오) : 더러움, 결점.
- 槪(개) : 가로막는 것, 거슬리는 것.
- 謫(적) : 꾸짖음. 잘못된 점을 지적함.
- 拂悟(불오) : 悟는 忤(오)와 통하여, 「임금의 뜻에 거스리는 것.」
- 繫縻(계미) : 논리가 여기저기 걸리는 것.
- 極騁(극빙) : 멋대로 달림, 멋대로 구사(驅使)함.

* 역시 임금을 설득하는 방법. 정의(正義)보다도 권력자의 비위를 더 앞세우는 법가(法家)의 사상이 어지러운 사회를 반영하는 듯하다.

5.

옛날 이윤(伊尹)이 요리사가 되고 백리해(百里奚)가 노예가 되었던 것은 모두 그의 임금에게 뜻을 펴기 위한 때문이었다. 이 두 사람은 모두가 성인이다. 그런데도 자기 몸을 수고롭히어 나아가 벼슬하려고 이처럼 몸을 더럽히어야만 했다. 지금 내가 한 말 때문에 요리사나 노예가 된다 하더라도 그의 의견이 받아들여져 세상을 뒤흔들 수만 있다면 이것은 벼슬할 능력 있는 사람이 수치로 여길 일이 아니다.

오랜 시일이 지난 뒤에 임금의 총애가 두터워지고 깊은 문제의 계책을 세워도 의심받지 아니하고 임금과 다투어도 죄 주지 않게 되면, 곧 이해(利害)를 분명히 분석하여 그의 공을 이룩하여 곧바로 옳고 그름을 지적함으로써 임금의 몸을 꾸미어 주는 것이다. 이렇게 임금과의 관계를 유지하여 나간다면 설득이 성공한 것이다.

伊尹爲宰, 百里奚爲虜, 皆所以干其上也. 此二人者, 皆聖人也. 然猶不能無役身以進, 如此其汚也. 今以吾言爲宰虜, 而可以聽用而振世, 此非能仕之所恥也. 夫曠日彌久, 而周澤旣渥, 深計而不疑, 引爭而不罪, 則明割利害以致其功, 直指是非以飾其身, 以此相持, 此說之成也.

- 伊尹(이윤) : 상(商)나라 탕(湯) 임금의 재상. 「사기(史記)」은 본기(殷本紀)에 의하면, 그는 요리사 노릇을 한 일이 있었다.
- 宰(재) : 요리사.
- 百里奚(백리해) : 춘추시대 우(虞)나라 사람. 어려서부터 가난 했는데 뒤에 우나라 대부(大夫)가 되었다. 진(晉)나라가 우나 라를 멸하자 포로가 되어 노예가 되었다. 진나라에선 진(秦) 나라 목공(繆公)부인에게 보내어 하인으로 쓰게 하였는데 백 리해는 부끄러이 여기고 도망쳐 완(宛)나라로 갔다. 다시 초 (楚)나라 사람에게 잡혔는데 진(秦)나라 목공이 그의 어질다 는 소문을 듣고 다섯 장의 양가죽을 주고 사다가 백리해에 게 나라의 정사를 맡겼다 한다. 〈「사기」 진본기(秦本紀)〉
- 虜(로) : 포로가 되어 노예로 부림을 당하는 사람.
- 能仕(능사) : 仕는 士와 통하며, 일할 능력 있는 사람.
- 曠日彌久(광일미구) : 많은 날이 오랫동안 지나는 것. 彌는 經 (경)과 통하여 「경과」, 「지남」의 뜻.
- 明割(명할) : 분명히 분석하는 것.

* 임금을 설득시키어 자기 뜻을 펴려는 사람은 여러 가지 어려운 난관을 각오하지 않으면 안된다. 우선 임금의 비위를 건드리지 말고 임금의 신임을 얻은 뒤에 자기의 뜻을 펴야 한 다는 것이다.

6.

옛날 정(鄭)나라 무공(武公)이 오랑캐를 정벌하려 하였다. 그래서 먼저 그의 딸을 오랑캐 임금에게 시집보냄으로써 오랑캐 임금의 마음을 즐겁게 하였다. 그리고는 여러 신하들에게 물었다.

「나는 전쟁을 하고자 하는데 누구를 정벌해야 되겠소?」

대부(大夫) 관기사(關其思)가 대답하였다.

「오랑캐를 정벌하는 게 좋겠습니다.」 무공은 노하여 그를 죽이면서 말하였다.

「오랑캐는 형제나 같은 나라요, 그대는 그들을 정벌하라니 어찌 된 일이오?」

오랑캐 임금은 이 일을 듣고서 정나라는 자기네와 친하다고 여기어 마침내 정나라에 대하여 아무런 대비도 하지 않았다. 정나라 군대는 뒤에 오랑캐를 습격하여 그 나라를 점령하고 말았다.

송(宋)나라에 부가가 있었는데, 비가 와서 그 집 담이 무너졌다. 그 집 아들이 말하였다.

「다시 쌓지 않으면 반드시 도적이 들 것입니다.」

이웃집 노인도 역시 같은 말을 하였다. 저녁이 되자,

과연 도적이 들어 재물을 크게 잃었다. 그런데 그 집에서
는 그 집 아들을 매우 지혜가 있다고 하면서도 이웃집 노
인은 의심하였다.

관기사와 이웃집 노인 두 사람이 말한 것은 모두가 합
당한 것이었다. 그런데 크게는 죽음을 당하였고 작게는
의심을 받았다. 그러니 아는 것이 어려운 게 아니라 처신
하는 게 곧 어려운 것이다. 그러므로 진(秦)나라 요조(繞
朝)의 말은 합당한 것이어서 진(晉)나라에선 그를 성인(聖
人)으로 알았으나 진(秦)나라에선 죽음을 당하고 말았던
것이다. 이것은 잘 살피지 않으면 안될 일이다.

昔者, 鄭武公欲伐胡, 故先以其女妻胡君, 以娛其
意, 因問於羣臣, 吾欲用兵, 誰可伐者? 大夫關其思
對曰, 胡可伐. 武公怒而戮之曰, 胡兄弟之國也. 子
言伐之, 何也? 胡君聞之, 以鄭爲親己, 遂不備鄭.
鄭人襲胡, 取之. 宋有富人, 天雨牆壞. 其子曰, 不築
必將有盜. 其鄰人之父, 亦云. 暮而果大亡其財, 其
家甚智其子, 而疑鄰人之父. 此二人, 說者皆當矣,
厚者爲戮, 薄者見疑. 則非知之難也, 處知則難也.
故繞朝之言當矣, 其爲聖人於晉, 而爲戮於秦也. 此

不可不察.

• 戮(육) : 사형에 처하는 것.
• 繞朝(요조) : 「좌전(左傳)」 문공 13년의 기록에 보이는 사람.
  진(晋)나라 사회(士會)가 진(秦)나라와 싸우다 패하여 포로가
  되었다. 뒤에 진(晋)나라는 사회를 처벌하겠으니 돌려달라
  고 진(秦)나라에 요구하였다. 진(秦)나라는 그 말을 믿고 사
  회를 돌려 보냈다. 이때 요조는 사회를 전송하면서 「그대는
  진(秦)나라에 사람다운 사람이 없다고 생각지 마시오. 내 계
  책이 쓰이지 않았기 때문이오.」 하고 말했다 한다. 이 때문
  에 진(晋)나라 사람들의 칭찬을 받고 진(秦)나라에선 사형을
  당하였던 것 같다.

  * 말이란 바르기만 하다고 좋은 것은 아니다. 합당한 말
보다도 적절히 처신할 줄 아는 게 더욱 중요하다. 그래서 여
기엔 올바른 말을 하고서도 심지어는 죽음을 당하거나 의심
받은 예를 들어 이를 설명한 것이다.

  7.
  옛날 미자하(彌子瑕)는 위(衛)나라 임금에게 총애를 받
았다. 위나라 법에는 임금의 수레를 몰래 타는 자는 다리

를 잘리는 형벌을 받게 되어 있었다.

미자하 어머님이 병이 났는데 어느 사람이 듣고서 그 사실을 밤중에 미자하에게 고하였다. 미자하는 곧 임금의 명령이라 속이고 임금의 수레를 타고 나갔다. 임금은 이 사실을 듣고서 그를 현명하다고 하며 말하였다.

「효자로다! 어머님을 위한 나머지 다리 잘리는 죄를 범하는 것조차도 잊었도다!」

또 다른 날엔 임금과 더불어 과일밭을 노닐었다. 복숭아를 먹다가 다니까 그것을 다 먹지 않고 나머지 반을 임금에게 먹였다. 임금은 말하였다.

「나를 사랑하는도다! 자기의 입맛은 잊고서 나를 먹여 주는도다!」

미자하의 아름다움이 시들고 사람이 늦추어진 뒤 임금에게 죄를 졌다. 임금은 말하였다.

「이 자는 일찍이 임금의 명령이라 속이고 내 수레를 탄 일이 있었고, 또 전에 자기가 먹다 남은 복숭아도 먹인 일이 있다.」

본시 미자하의 행동은 처음과 변한 게 없다. 그러나 이전에 현명하다고 여겨졌던 이유들로 뒤에는 죄를 짓게 되었다는 것은 임금의 사랑과 미움의 변화 때문인 것이다.

그러므로 임금에게 총애가 있으면 곧 지혜가 합당하게 받아들여져 더욱 친해지고, 임금에게 미움을 사고 있으면 곧 지혜가 합당하게 받아들여지지 않고 죄를 짓게 되며 더욱 멀어지는 것이다. 그러니 임금에게 간하는 말을 하거나 변설(辯說)을 하려는 사람은 임금의 사랑과 미움을 잘 살핀 뒤에 얘기하지 않으면 안되는 것이다.

昔者, 彌子瑕有寵於衛君. 衛國之法, 竊駕君車者, 罪刖. 彌子瑕母病, 人聞, 有夜告彌子, 彌子矯駕君車以出, 君聞而賢之曰, 孝哉! 爲母之故, 忘其犯刖罪. 異日與君遊於果園, 食桃而甘, 不盡, 以其半啗君. 君曰, 愛我哉! 忘其口味, 以啗寡人. 及彌子色衰愛弛, 得罪於君, 君曰, 是固嘗矯駕吾車, 又嘗啗我以餘桃. 故彌子之行, 未變於初也. 而以前之所以見賢, 而後獲罪者, 愛憎之變也. 故有愛於主, 則智當而加親, 有憎於主. 則智不當, 見罪而加疏. 故諫說談論之士, 不可不察愛憎之主而後說焉.

• 彌子瑕(미자하) : 춘추시대 위(衛)나라 사람. 위나라 영공(靈公)을 섬겼으며 내저설상칠술(內儲說上七術)편, 난사(難四)편 등을 보면 임금의 총애를 믿고 멋대로 행동하기를 잘했던

것 같다.

• 刖(월) : 옛날 오형(五刑) 가운데의 하나로서 다리 자르는 형
벌.

• 矯(교) : 임금의 명령이라 속이는 것.

• 啗(담) : 먹이는 것.

*똑같은 행동이라 하더라도 임금이 좋아하고 싫어하는 기
분에 따라 칭찬을 듣기도 하고 처벌을 받기도 한다. 따라서
임금을 상대로 유세하는 사람은 임금의 기분을 정확히 파악
해야 한다는 것이다.

8.

용(龍)이란 동물은 유순하여 길들이면 타고 다닐 수도
있다. 그러나 그의 목구멍 아래 직경이 한 자 정도되는
거꾸로 박힌 비늘이 있는데, 만약 사람들이 그것을 건드
리는 자가 있다면 반드시 그 사람을 죽이게 된다.

임금에게도 역시 거꾸로 박힌 비늘이 있다. 유세하는
사람이 임금의 거꾸로 박힌 비늘을 건드리지 않을 줄만
안대도 거의 잘하는 사람이라 할 것이다.

夫龍之爲虫也, 柔可狎而騎也. 然其喉下有逆鱗徑
尺, 若人有嬰之者, 則必殺人. 人主亦有逆鱗, 說者
能無嬰人主之逆鱗, 則幾矣.

- 狎(압) : 길들임.
- 喉(후) : 목구멍.
- 逆鱗(역린) : 거꾸로 박힌 비늘. 뒤에는 임금의 노여움을 가리
  키는 말로 쓰이게 되었다.
- 嬰(영) : 건드리는 것.
- 幾(기) : 거의 잘하는 사람이다, 거의 성공할 사람이라는 뜻.

*유세하는 사람은 임금의 노여움을 건드리지 않도록 조심
해야 한다. 임금의 노여움을 사면 목숨이 위태로움을 비유를
들어 설명한 대목이다.

13. 화씨편和氏篇

  못난 임금을 깨우치기 위하여 얼마나 유능한 사람들이 고생을
하는가 「화씨(和氏)의 구슬」과 관련된 얘기를 들어 설명한다. 여
기에서도 뜻을 펴지 못한 한비의 울분이 느껴진다.

1.

초(楚)나라 사람 화씨(和氏)가 초산(楚山) 속에서 옥돌을 주워 가지고, 그것을 갖다가 여왕(厲王)에게 바쳤다. 여왕은 구슬장이에게 그것을 감정케 하였다. 구슬장이는 그것은 돌이라고 말하였다. 왕은 화씨가 사기를 했다고 생각하고는 그의 왼발을 잘랐다.

여왕이 돌아가시고 무왕(武王)이 즉위하자 화씨는 또 그 옥돌을 갖다가 무왕에게 바쳤다. 무왕이 구슬장이에게 감정시키니, 그는 또 돌이라고 말하였다. 왕은 또 화씨가 사기를 했다고 생각하고는 그의 오른발을 잘라 버렸다.

무왕이 돌아가시고 문왕이 즉위하자 화씨는 이에 그의 옥돌을 안고서 초산 아래에서 곡하였다. 사흘 낮 사흘 밤을 울어 눈물이 다하자 이어 피가 흘렀다. 왕은 그 애기를 듣고서 사람을 시켜 그 까닭을 물었다.

「천하에는 다리를 잘리는 형벌을 받은 사람이 많소. 그대는 어찌 그렇게 슬피 우오?」

화씨가 대답하였다.

「저는 다리 잘린 것을 슬퍼하는 게 아닙니다. 보배로운 구슬을 돌이라 부르고 곧은 선비를 사기꾼이라 말하는 게 슬픕니다. 이것이 제가 슬퍼하고 있는 까닭입니다.」

왕은 이에 구슬장이를 시켜 그 옥돌을 다듬게 하여 보배를 얻게 되었다. 그리하여 그것을 「화씨의 구슬」이라 명명(命名)하게 되었다.

楚人和氏得玉璞楚山中, 奉而獻之厲王. 厲王使玉人相之, 玉人曰石也. 王以和爲誑, 而刖其左足. 及厲王薨, 武王卽位, 和又奉其璞而獻之武王. 武王使玉人相之, 又曰石也. 王又以和爲誑, 而刖其右足. 武王薨, 文王卽位, 和乃抱其璞而哭於楚山之下, 三日三夜, 淚盡而繼之以血. 王聞之, 使人問其故曰, 天下之刖者多矣. 子奚哭之悲也? 和曰, 吾非悲刖也. 悲夫寶玉而題之以石, 貞士而名之以誑, 此吾所

以悲也. 王乃使玉人理其璞, 而得寶焉. 遂命曰, 和氏之璧.

- 玉璞(옥박) : 다듬지 않은 옥돌.
- 厲王(여왕) : 초(楚)나라 임금엔 여왕이 없다. 「후한서(後漢書)」 공융전(孔融傳)의 주(注)에는 이를 인용하되 무왕(武王), 문왕(文王), 성왕(成王)의 일로 씌어 있다. 「태평어람(太平御覽)」 372 및 648에도 무왕, 문왕, 성왕의 일로 인용되어 있으니, 지금 우리가 보는 「한비자」는 잘못 적힌 것인 듯하다(韓非子集解).
- 相(상) : 보다, 감정하다.
- 誑(광) : 속이다, 사기하다.
- 薨(홍) : 임금이 죽는 것.

*임금에게 신하로서 능력이나 충성을 인정받기 어려운 것임을 「화씨의 구슬」 얘기를 비유로 들어 얘기한 것이다.

2.

구슬이란 임금들이 매우 갖고자 하는 것이다. 화씨가 바친 옥돌이 아름다운 것이 못된다 하더라도 임금에게 해를 끼치는 것은 아니다. 그런데도 두 다리를 잘린 뒤에 보물임이 판명되었다. 보물로 판명되기란 이처럼 어려운 것이다.

　지금 임금들이 법술(法術)을 대하는 태도는 반드시 화씨의 구슬을 얻고자 하는 것처럼 심한 것은 아니다. 그렇지만 법술이란 여러 신하들과 백성들의 사사로운 나쁜 짓을 금하는 것이다. 그렇다면 올바른 도리인 법술을 지닌 선비들이 죽음을 당하지 않는다는 것은 분명히 제왕들에게 바쳐야 할 옥돌을 바치지 않았기 때문인 것이다.

　夫珠玉, 人主之所急也, 和雖獻璞而未美, 未爲主之害也, 然猶兩足斬, 而寶乃論, 論寶若此其難也. 今人主之於法術也, 未必和璧之急也, 而禁羣臣士民之私邪, 然則有道者之不僇也, 特帝王之璞未獻耳.

- 急(급) : 매우 갖고 싶어함.
- 寶(보) : 보배, 보물. 宝(속자).
- 論(론) : 논하여 사실이 판명되는 것.
- 僇(육) : 戮(육)과 통하여,「사형을 당하는 것.」

　*옥돌을 바치는 데 두 다리가 잘리어졌다면, 나라를 올바로 다스릴 법술을 임금에게 바치자면 목숨까지도 내놓지 않

으면 안될 거라는 것이다.

3.

옛날 오기(吳起)는 초(楚)나라 도왕(悼王)에게 초나라 습속에 대하여 아뢰었다.

「대신의 권력이 너무 무겁고 땅을 봉해받은 귀족들이 너무 많습니다. 이렇게 되면, 곧 위로는 임금을 핍박하고 아래로는 백성들을 학대하게 됩니다. 이것은 나라를 가난하게 하고 군사력을 약화시키는 길입니다. 만약 귀족들의 자손들은 3대째에 작위와 녹을 회수(回收)하고, 여러 관리들이 받는 녹의 액수도 줄이며, 꼭 필요하지 않은 쓸데 없는 벼슬은 없애버리고, 그것을 정선되고 수련된 사람들에게 주는 게 좋을 것입니다.」

도왕은 이대로 실행하다가 1년 만에 죽었다. 그러자 오기는 초나라에서 사지(四肢)가 찢기고 말았다.

상앙(商鞅)은 진(秦)나라 효공(孝公)에게 옆집 또는 다섯 집을 한 조(組)로 하여 조원(組員)의 범죄를 연대책임(連帶責任)지게 하는 제도를 행하게 하였다. 「시경(詩經)」과 「서경(書經)」 같은 경전들을 불태우게 하고 법령을 밝히었으며, 권세가(權勢家)들의 사사로운 이익 추구를 막고, 나라를 위한 공로를 다하게 하였다. 고향을 떠나 벼슬을 구하러 다니는 백성들을 금하고 평시엔 농사짓고 전쟁시엔 싸우는 사람들을 표창(表彰)하였다. 효공은 이런 것을 행하여 임금은 존귀하고도 안락하여졌고 나라는 부강하여졌었는데 8년 만에 죽었다. 그러자 상앙은 진나라 대신들에게 수레에 몸을 매어 찢기는 형벌을 당하고 말았다.

초나라는 오기를 임용하지 않음으로써 나라 땅을 빼앗기고 혼란에 빠졌었다. 진나라는 상앙의 방법을 실행하여 부강해졌었다. 이들 두 사람의 말은 합당하다. 그러나 오기는 사지가 찢기고, 상앙은 수레에 매어 몸이 찢겼으니 어째서일까?

대신들은 법을 괴로워하였고 낮은 백성들은 다스림을 싫어하였기 때문이다. 지금 세상의 대신들은 권세를 탐내고 낮은 백성들은 혼란을 편히 여긴다. 그것은 진나라와 초나라의 습속보다도 더하다. 거기에 임금들은 도왕이나 효공처럼 귀를 기울이는 이가 없다. 그러니 법술을 지닌 선비들이 어떻게 오기와 상앙이 당했던 위험을 무릅쓰고 자기의 법술을 밝힐 수가 있겠는가? 이것이 세상이 어지러워지고 패왕(霸王)이 나타나지 않는 원인인 것이다.

昔者, 吳起敎楚悼王以楚國之俗曰, 大臣太重, 封君太衆, 若此則上偪主而下虐民, 此貧國弱兵之道也. 不如使封君之子孫, 三世而收爵祿, 絶滅百吏之祿秩, 損不急之枝官, 以奉選練之士. 悼王行之, 期年而薨矣, 吳起枝解於楚. 商君敎秦孝公以連什伍, 說告坐之過, 燔詩書而明法令, 塞私門之請, 而遂公家之勞, 禁游宦之民, 而顯耕戰之士. 孝公行之, 主以尊安, 國以富强, 八年而薨, 商君車裂於秦. 楚不用吳起而削亂, 秦行商君法而富强, 二子之言也已當矣, 然而枝解吳起, 而車裂商君者, 何也? 大臣苦法而細民惡治也. 當今之世, 大臣貪重, 細民安亂, 甚於秦楚之俗, 而人主無悼王孝公之聽, 則法術之士, 安能蒙二子之危也, 而明己之法術哉? 此世所以亂無霸王也.

• 吳起(오기) : 전국시대 위(衛)나라 사람. 용병(用兵)에 뛰어나 노(魯)나라의 장수가 되어 제(齊)나라를 크게 깨치기도 했고, 뒤에는 위(魏)나라 장수가 되어 진(秦)나라를 크게 쳐부쉈으

나 참해(譖害)를 받고 초(楚)나라로 도망쳐 도왕(悼王)을 섬기었다. 오기는 낮은 병졸들과 생활을 같이하며 초나라를 위하여 큰 공을 세우면서 옛 귀족들의 세력을 눌렀다. 그러나 도왕이 죽은 뒤에 그 귀족들에 의하여 비참한 죽음을 당하였다.

- 封君(봉군) : 나라 땅을 떼어 받은 귀족들.

- 偪(핍) : 逼(핍)과 통하여 「핍박」의 뜻.

- 枝官(지관) : 별로 중요하지 않은 쓸데 없는 벼슬자리.

- 選練(선련) : 정선(精選)되고 수련(修鍊)된 것.

- 枝解(지해) : 팔다리를 찢기는 형벌.

- 商君(상군) : 상앙(商鞅), 전국시대 위(衛)나라 사람. 성(姓)은 공손씨(公孫氏)였는데 형명(刑名)과 법술(法術)로서 진(秦)나라 효공(孝公)을 섬기어 상(商) 땅에 봉하여졌으므로 「상군(商君)」이라 부르게 되었고 「상」이 성처럼 쓰이게 되었다. 10년 동안 진나라 재상으로서 법을 엄히 다스렸으나, 효공이 죽은 뒤 귀족과 대신들의 원망을 사서 수레에 몸을 매어 찢어 죽이는 형벌을 받았다.

- 連什五(연십오) : 열 집 또는 다섯 집을 한 조(組)로 묶어 범죄에 대한 연대책임을 지게 하는 인보제(隣保制).

- 告坐(고좌) : 자기 조에서 범죄가 생기어 고하는 이가 있으면 연대책임을 지는 것.

- 燔詩書(번시서) : 시경과 서경 같은 유가의 경전을 불태우는 것, 보통은 「분서(焚書)」라 말한다.

- 游宦(유환) : 고향을 떠나 돌아다니면서 벼슬자리를 구하는

것.

• 耕戰(경전) : 평시엔 농사짓고 전시엔 전쟁하는 것.

*올바른 이론으로 임금을 설복시켜 올바른 일을 하더라도 오기(吳起)나 상앙(商鞅)처럼 비참한 최후를 맞게 되는 경우가 많다. 이러한 경향은 세상이 어지러울수록 더욱 심하다. 그래서 법술을 지닌 선비들이 마음대로 세상에 나와 활동하지 못하고, 또 그 때문에 세상은 잘 다스려지지 않는다는 것이다.

14. 간겁시신편姦劫弒臣篇

이 편에선 임금을 협박하거나 임금을 죽이는 간신(姦臣)이 왜 생겨나는가를 논하고, 이런 자들을 없애자면 법술(法術)을 써야 한다고 주장한다. 어지러운 세상을 법으로써 다스리려는 「법가」의 면모가 잘 드러나는 편의 하나이다.

1.

모든 간신(姦臣)은 모두 임금의 마음을 따라서 임금의 신임과 총애의 권세를 얻으려는 자들이다. 그리하여 임금이 잘한다는 일이 있으면 신하는 이를 따라 그것을 칭찬하고, 임금이 미워하는 일이 있으면 신하는 이를 좇아 그것을 공격한다.

무릇 사람들이란 대체로 좋아하고 싫어하는 게 같으면 곧 서로 인정을 하고, 좋아하고 싫어하는 게 다르면 곧 서로 비난하게 마련이다. 지금 신하들이 칭찬하는 일이란 바로 임금이 인정하는 일이니, 이것을 일컬어 좋아하는 게 같다고 한다. 신하들이 공격하는 일이란 바로 임금이 비난하는 일이니, 이것을 일컬어 싫어하는 게 같다고 한다. 이처럼 좋아하고 싫어하는 게 합치되는 데도 서로 뜻을 어기는 자들이란 아직 있단 말을 듣지 못하였다.

이것이 신하로서 신임과 총애를 얻는 근거가 되는 길인 것이다.

凡姦臣皆欲順人主之心, 以取信幸之勢者也. 是以主有所善, 臣從而譽之, 主有所憎, 臣因而毁之. 凡人之大體, 取舍同者則相是也, 取舍異者則相非也. 今人臣之所譽者, 人主之所是也, 此之謂同取. 人臣之所毁者, 人主之所非也, 此之謂同舍. 夫取舍合而相與逆者, 未嘗聞也, 此人臣之所以取信幸之道也.

- 取舍(취사) : 좋아하고 싫어함. 취사선택(取捨選擇)하는 경향.
- 信幸(신행) : 신임과 총애(寵愛).

＊간신들이란 먼저 임금의 비위를 맞춤으로써 신임과 총애를 얻는다. 자기의 감정은 죽이고 임금이 좋아하는 일은 자기도 칭찬하고 임금이 싫어하는 일은 자기도 공격하는 것이 간신들이 임금의 신임과 총애를 얻는 방법이라는 것이다.

2.
간신으로서 신임과 총애의 권세를 타고서 여러 신하

들을 공격하고 칭찬하며 벼슬을 높혀 주기도 하고 내치기도 하게 되는 것은, 임금이 술수(術數)로써 그들을 제어(制御)하지 못하기 때문이며, 사실을 검토하여 진상(眞相)을 밝히지 않기 때문이며, 반드시 임금이 전에 그의 의견이 자기와 합치되었다 해서 지금의 말을 믿기 때문인 것이다. 이것이 총애받는 신하들이 임금을 속이고 자기의 이익을 얻을 수 있게 되는 까닭인 것이다.

그러므로 임금은 반드시 위로 가리움을 당하고 신하는 반드시 아래로 권세가 무거워지는 것이다. 이런 것을 두고서 임금을 휘두르는 신하라고 부른다. 나라에 임금을 휘두르는 신하가 있으면, 곧 여러 신하들은 그들의 지혜와 능력을 다하여 그의 충성을 바칠 수가 없으며, 여러 관리들은 법을 받들어 그들의 공로를 이룩할 수가 없게 되는 것이다.

무엇으로써 그것을 알 수 있는가? 편안하고 이익이 있으면 그곳으로 나아가고 위태롭고 해로우면 그곳을 떠나는데, 이것은 인정(人情)인 것이다. 지금 신하 된 자들을 보면 능력을 다해 공을 이룩하고 지혜를 다하여 충성을 바치는 자는 그 자신도 곤경에 빠지고 집안도 가난하며 부자(父子)가 모두 그 위해(危害)를 받는다. 반대로 간사하게 이익을 추구하면서 임금을 가리고 뇌물을 바치면서 권세 있는 신하를 섬기는 자들은, 그 자신도 존귀하여지고 집안도 부하며 부자가 모두 그 은택을 입는다. 사람이라면 어찌 편안하고 이익 많은 길을 버리고 위태롭고 해로운 곳으로 나가겠는가? 나라를 다스림이 이처럼 그릇되었는데도, 위에서는 아래 사람들에 간사한 자가 없고 관리들은 법을 받들기를 바라고 있다. 그것이 될 수 없는 일임은 분명한 것이다.

夫姦臣得乘信幸之勢, 以毀譽進退羣臣者, 人主非有術數以御之也, 非參驗以審之也, 必將以曩之合己, 信今之言. 此幸臣之所以得欺主成私者也. 故主必蔽於上, 而臣必重於下矣. 此之謂擅主之臣. 國有擅主之臣, 則羣下不得盡其智力以陳其忠, 百官之吏不得奉法以致其功矣. 何以明之? 未安利者就之, 危害者去之, 此人之情也. 今爲臣盡力以致功, 竭智以陳忠者, 其身困而家貧, 父子罹其害. 爲姦利以弊人主, 行財貨以事貴重之臣者, 身尊家富, 父子被其澤, 人焉能去安利之道, 而就危害之處哉? 治國若此其過也, 而上欲下之無姦, 吏之奉法, 其不可得亦明矣.

- 參驗(참험) : 사실을 검토하는 것.
- 審(심) : 진상(眞相)을 살피어 밝히는 것.
- 曩(낭) : 전날, 지난 날.
- 成私(성사) : 사사로운 개인의 이익을 추구하여 얻는 것.
- 擅主(천주) : 임금을 멋대로 쥐고 흔드는 것.
- 弊(폐) : 蔽(폐)와 통하여,「임금을 속이는 것」.
- 行財貨(행재화) : 뇌물을 보내는 것.

*간신들은 임금의 신임과 총애만 얻으면 임금을 속이어 나라 일을 마음대로 쥐고 휘두른다. 이렇게 되면 임금을 위하여 충성을 바치는 백성이나 법을 지키는 관리들이 없어진다. 그것은 간사한 행동을 하는 자가 잘 살기 때문에 모두가 그 편으로 기울어지기 때문이다. 반대로 올바른 충신은 못 살기 때문에 올바르게 살려는 사람은 없어진다. 이렇게 되면 나라가 잘될 리가 없을 것이다.

3.

무릇 법술(法術)이 있는 사람이 신하가 되면, 법도에 맞는 말을 아뢰면서 위로는 임금의 법을 분명히 하고, 아래로는 간신들을 곤경에 빠지게 함으로써 임금을 존귀하게 하고 나라를 편안하게 만든다. 그리하여 법도에 맞는 말을 앞에다 아뢰일 수 있게 되면 곧 상벌(賞罰)이 반드시 뒤에서 행하여질 것이다. 임금은 진실로 성인의 법술을 밝히면서 세속(世俗)적인 뜬 말들을 따르지 않으며, 명분과 실제를 좇아서 옳고 그름을 결정하고 사실의 검토를 근거로 하여 신하들의 말의 진실 여부(與否)를 살피게 된다.

그리하여 임금을 곁에서 가까이 모시는 신하들은 거짓말과 속임수로서는 안락하게 지낼 수 없음을 알고 반드시 다음과 같이 말할 것이다.

「나는 간사하고 사사로운 행동을 버리고 능력과 지혜를 다하여 임금을 섬기지 않고서, 도리어 서로 어울리어 아첨하면서 함부로 남을 공격하고 칭찬함으로써 안락을 구하여 왔었다. 이것은 마치 천균(千鈞)이나 되는 무거운 짐을 지고서 잴 수도 없는 깊은 못에 빠지면서도 삶을 구하는 것과 같다. 절대로 그렇게 되지 않을 것이다.」

여러 관리들도 역시 간사하고 이익만을 추구하는 행동으로서는 편안히 지낼 수 없음을 알고 반드시 다음과 같이 말할 것이다.

「나는 청렴(淸廉)하고 올바르게 법을 지키지 않고 탐욕스럽고 더러운 마음으로 법을 어기면서 사사로운 이익을 얻어 왔다. 이것은 마치 높은 언덕 꼭대기에 올라가 험한 골짜기 아래로 떨어지면서 삶을 구하는 거나 같다. 절대로 그렇게 되지 않을 것이다.」

안락과 위태로움의 길은 이처럼 분명한 것이다. 시신(侍臣)들이 어찌 거짓말로 임금을 미혹시킬 수가 있겠으며 여러 관리들이 어찌 감히 탐욕스런 마음으로써 백성들 재물을 수탈(收奪)할 수가 있겠는가? 그리하여 신하들은 그의 충성을 다함에 거리낌이 없을 것이며, 백성들은 그의 직분을 지킴에 원망함이 없을 것이다.

夫有術者之爲人臣也, 得效度數之言, 上明主法, 下困姦臣, 以尊主安國者也. 是以度數之言得效于前, 則賞罰必用于後矣. 人主誠明於聖人之術, 而不苟於世俗之言, 循名實而定是非, 因參驗而審言辭. 是以左右近習之臣, 知僞詐之不可以得安也, 必曰, 我不去姦私之行, 盡力竭智以事主, 而乃以相與比周, 妄毁譽以求安, 是猶負千鈞之重, 陷於不測之淵而求生也, 必不幾矣. 百官之吏, 亦知爲姦利之不可以得安也, 必曰, 我不以淸廉方正奉法, 乃以貪污之心, 枉法以取私利, 是猶上高陵之顚, 墮峻谿之下而

求生也, 必不幾矣. 安危之道若此其明也, 左右安能
以虛言惑主, 而百官安敢以貪漁下? 是以臣得陳其
忠而不弊, 下得守其職而不怨.

- 度數(도수) : 일정한 법도.
- 苟(구) : 循(순)의 잘못이며(韓非子集解), 「따르는 것.」
- 千鈞(천균) : 鈞은 무게의 단위, 서른 근(斤)이 한 균. 따라서
  「천균」은 삼천 근, 아주 무거운 것.
- 幾(기) : 거의 뜻을 이루는 것.
- 顚(전) : 꼭대기.
- 峻谿(준계) : 준험한 계곡, 험한 골짜기.
- 漁(어) : 고기잡이. 고기잡이 하듯 백성들의 재물을 낚아 올
  리는 것.
- 弊(폐) : 蔽(폐)와 통하여 「가리워지는 것」, 「거리끼는 것.」

*간신이 임금 밑에 있으면 나라가 어지러워지지만 법술을
지닌 올바른 말을 하는 신하가 있으면 간신들이 쫓겨나고 나
라가 안락해진다는 것이다.

4.
옛날 진(秦)나라의 습속은 여러 신하들이 법을 버리고

사사로운 이익을 추구하였었다. 그리하여 나라는 혼란하고 군대는 약하였으며 임금은 비천하였다. 상앙(商鞅)이 진나라 효공(孝公)을 설복하여 법을 바꾸고 습속을 개량하며 공도(公道)를 밝히고 간사함을 고하는 자에겐 상을 내렸다. 그러자 공업(工業)과 상업(商業) 같은 말단적인 일은 곤란을 받게 되고, 농업 같은 근본적인 생산업은 이익을 보게 되었다.

그러나 이때에 진나라 백성들은 옛 습속에 익숙함으로써 죄를 져도 벌을 면할 수가 있었고, 아무 공로 없이도 높은 지위를 얻을 수가 있었다. 그러므로 그들은 가벼이 새로운 법을 범하였다. 이에 법을 범하는 자는 무거운 처벌을 가하고, 그것을 고하는 자는 반드시 두터히 상을 주어 믿어지게 되었다. 그리하여 간사한 행동은 모두 잡히어 처형되는 자가 많아졌고, 백성들은 원망하여 그를 규탄하는 소리가 날로 심해갔다. 효공은 이것을 들은 체도 않고 마침내 상앙의 법을 실행하고 말았다. 백성들은 뒤에는 죄가 있으면 반드시 처벌됨을 알게 되었고, 간사한 행동을 고하는 사람들이 많아졌다. 그러므로 백성들은 법을 범하지 않게 되어 형벌은 쓸 곳이 없게 되었다.

그리하여 나라는 다스려지고 군대는 강하여졌고, 땅

은 넓어지고 임금은 존귀하여졌다. 이처럼 그들이 된 까닭은 죄를 숨기는 벌은 무섭게 내리고 간사한 행동을 고하는 상은 두툼하였기 때문이다. 이것은 또한 임금이 온 세상으로 하여금 자기의 눈이 되고 귀가 되게 하는 길인 것이다.

古秦之俗, 君臣廢法而服私, 是以國亂兵弱而主卑. 商君說秦孝公, 以變法易俗, 而明公道, 賞告姦, 困末作而利本事. 當此之時, 秦民習故俗之有罪可以得免, 無功可以得尊顯也, 故輕犯新法, 於是犯之者其誅重而必, 告之者其賞厚而信. 故姦莫不得, 而被刑者衆, 民疾怨而衆過日聞. 孝公不聽, 遂行商君之法, 民後知有罪之必誅, 而私姦者衆也. 故民莫犯, 其刑無所加, 是以國治而兵强, 地廣而主尊, 此其所以然者, 匿罪之罰重, 而告姦之賞厚也. 此亦使天下必爲己視聽之道也.

- 告姦(고간) : 간사한 행동을 고발하는 것.
- 末作(말작) : 공업과 상업 같은 말단적인 직업.
- 本事(본사) : 농업 같은 근본적인 생산업.
- 衆過(중과) : 衆은 罪(죄)의 잘못, 곧 상앙의 잘못을 규탄(叫彈)

하는 것(韓非子集解).

- 私姦(사간) : 私는 告의 잘못(韓非子集解).
- 爲己視聽(위기시청) : 자기의 보는 눈과 듣는 귀가 되어 주는 것.

* 나라는 진(秦)나라 상앙(商鞅)처럼 법을 엄히 하고 상벌 (賞罰)을 분명히 하여야만 잘 다스려진다. 그렇게 되면 신하 와 백성들은 임금의 눈이나 귀처럼 임금을 위하여 빈틈없이 움직이게 된다는 것이다.

5.

초(楚)나라 장왕(莊王)의 아우 춘신군(春申君)에게 여 (餘)라는 애첩(愛妾)이 있었다. 춘신군의 정실(正室)에게 는 갑(甲)이란 아들이 있었다. 여는 춘신군에게 그의 처 를 버리게 하려고 그의 몸에 스스로 상처를 내어 춘신군 에게 보이면서 울며 말하였다.

「당신의 첩이 될 수 있었던 것은 매우 행복된 일입니 다. 그렇지만 부인의 기분을 맞추자니 당신을 섬기는 짓 이 못되고, 당신의 기분을 맞추자니 부인을 섬기는 짓이 안됩니다. 제 자신이 본시 못났으니 두 어른의 기분을 맞출 능력이 모자랍니다. 따라서 함께 어울리지 못할 형편입니다. 부인에게 죽음을 당하느니보다는 차라리 당신 앞에 죽음을 내려 주심이 좋을 것 같습니다. 저는 죽여 주시기를 바랍니다. 만약 뒷날 다시 사랑하는 이를 곁에 두시게 되거든, 바라건대 당신께선 잘 살피셔야만 될 줄로 압니다. 남의 웃음거리가 되지 마십시오.」

춘신군은 이리하여 첩 여의 속임수를 믿고서 정실을 버렸다.

여는 또 갑을 죽이고서 자기 자식으로 후계자를 삼고자 하여, 스스로 자기 속옷의 안을 찢어 그것을 춘신군에게 보이면서 울며 말하였다.

「저는 당신의 사랑을 받은 지 오래 되었습니다. 갑도 모르지는 않을 것입니다. 지금 그가 억지로 나를 희롱하고자 하여 저는 그와 다투다가 제 옷까지 찢기었습니다. 이런 짓은 자식의 불효로서 이보다 더 큰 불효는 없을 것입니다.」

춘신군은 노하여 갑을 죽였다. 이처럼 처는 첩 여의 속임수에 따라 버려지고, 자식은 또 죽음을 당하였다. 이로서 본다면 아비의 자식에 대한 사랑도 역시 훼방하고 해칠 수가 있는 것이다.

임금과 신하의 관계는 아비와 자식 같은 친분이 있는 게 아니며 또 여러 신하들의 훼방하는 말은 다만 한 사람의 첩의 입에 그치는 것은 아니다. 현인(賢人)이나 성인이 죽음을 당하는 게 무엇이 이상할 게 있는가? 이것이 상앙이 진(秦)나라에서 수레에 몸이 매여 찢기고 오기가 초(楚)나라에서 사지를 찢긴 까닭인 것이다.

楚莊王之弟春申君, 有愛妾曰余. 春申君之正妻, 子曰甲. 余欲君之棄其妻也, 因自傷其身, 以視君而泣曰, 得爲君之妾, 甚幸. 雖然, 適夫人, 非所以事君也, 適君, 非所以事夫人也. 身故不肖, 力不足以適二主, 其勢不俱適, 與其死夫人所者, 不若賜死君前. 妾以賜死, 若復幸於左右, 願君必察之, 無爲人笑. 君因信妾余之詐, 爲棄正妻. 余又欲殺甲而以其子爲後, 因自裂其親身衣之裏, 以示君而泣曰, 余之得幸君之日久矣. 甲非弗知也. 今乃欲强戲余, 余與爭之, 至裂余之衣. 而此子之不孝, 莫大於此矣. 君怒而殺甲也. 故妻以妾余之詐棄, 而子以之死. 從是觀之, 父之愛子也, 猶可以毁而害也. 君臣之相與也, 非有父子之親也, 而羣臣之毁言, 非特一妾之口也, 何怪

夫賢聖之戮死哉? 此商君之所以車裂於秦, 而吳起
之所以枝解於楚者也.

- 春申君(춘신군) : 20년 동안이나 초나라 재상을 지냈고, 언제나 3천 명의 식객(食客)들이 그의 집에는 들끓었다. 전국시대의 사군자(四君子)의 한 사람으로 유명하며, 「사기(史記)」 초세가(楚世家) 춘신군열전(春申君列傳)의 기록과 「한비자」의 기록은 맞지 않는다.
- 適(적) : 뜻을 따르는 것, 기분에 맞추어 행동하는 것.
- 毁(훼) : 훼방함, 모함함.

* 여기서는 춘신군의 예를 들어 첩의 모함에 의하여 자기 처도 버리고 자기 자식도 죽이는 얘기를 하고 있다. 부자와 부부 같은 애정이 깃든 사이도 남의 모함에 의하여 해쳐지니, 남남 사이의 임금과 신하 관계는 말할 것도 없다는 것이다. 진나라를 위하여 큰 공을 세운 상앙이나 초나라를 위하여 공로가 큰 오기가 그 나라에서 사형을 당한 것도 이상할 게 없는 일이라는 것이다.

6.
채찍의 위협과 재갈의 준비가 없다면 비록 조보(造父)

같은 유명한 말몰이꾼이라 하더라도 말을 복종시킬 수 없다. 여러 가지 자의 법도와 먹줄의 바름이 없다면 비록 왕이(王爾) 같은 유명한 목수라도 네모꼴과 동그라미를 바르게 이룰 수 없다. 위엄 있는 권세와 상벌의 법도가 없다면 비록 요순(堯舜) 같은 명군(名君)이라도 나라를 바르게 다스릴 수 없다.

지금 세상의 임금들은 무거운 형벌과 엄한 처벌을 가벼이 젖혀 놓고, 사랑과 은혜를 베풀면서 패왕(霸王)의 공을 이룩하려 하고 있으니 역시 될 수 없는 일이다. 그러므로 임금 노릇을 잘하는 사람들은 공에 따른 상을 분명히 하고 이익을 베풀어 줌으로써 백성들을 독려(督勵)한다. 백성들을 부림에는 공에 따른 상으로써 하지 어짐과 의로움(仁義)으로써 하지 않는다. 엄한 형벌과 무거운 처벌을 내리어 나쁜 짓을 금한다. 백성들을 부림에는 죄를 처벌함으로써 하지 사랑과 은혜로써 용서하지 않는다. 그리하여 공이 없는 자들은 상을 바라지도 않고 죄를 지은 자는 요행히 처벌을 면하기 바라지 않는다.

튼튼한 수레에다 좋은 말을 매어 끌게 하면, 곧 땅에서는 험한 길 걱정을 극복할 수 있다. 편안한 배를 타고 편리한 노를 갖고 있으면 물에서는 큰 강의 험난한 곳이라도 건널 수가 있다. 법술의 방법을 사용하며, 무거운 형벌과 엄한 처벌을 행하면, 곧 패왕의 공로를 이룩할 수 있게 된다. 나라를 다스리는데 법술과 상벌을 쓴다는 것은, 마치 육로(陸路)를 갈 때에 튼튼한 수레와 좋은 말을 사용하는 것과 같으며 물 위를 가는데 가벼운 배와 편리한 노를 사용하는 거와 같다. 이런 것을 이용하는 사람들은 마침내 성공을 하게 될 것이다.

無捶策之威, 銜橛之備, 雖造父不能以服馬. 無規矩之法, 繩墨之端, 雖王爾不能以成方圓. 無威嚴之勢, 賞罰之法, 雖堯舜不能以爲治. 今世主皆輕釋重罰嚴誅, 行愛惠, 而欲霸王之功, 亦不可幾也. 故善爲主者, 明賞設利以勸之, 使民以功賞, 而不以仁義賜. 嚴刑重罰以禁之, 使民以罪誅, 而不以愛惠免, 是以無功者不望, 而有罪者不幸矣. 託於犀車良馬之上, 則可以陸犯阪阻之患. 乘舟之安, 持楫之利, 則可以水絶江河之難. 操法術之數, 行重罰嚴誅, 則可以致霸王之功. 治國之有法術賞罰, 猶若陸行之有犀車良馬也. 水行之有輕舟便楫也. 乘之者遂得其成.

- 捶策(추책) : 말 채찍.

- 銜橛(함궐) : 말 재갈.

- 造父(조보) : 주(周)나라 목왕(穆王)의 수레몰이, 유명한 수레
  몰이로서 말을 잘 다루어 유명하다.

- 規矩(규구) : 規는 원을 그리는 데 쓰는 자, 矩는 네모꼴을 반
  듯이 그리는 데 쓰는 자.

- 王爾(왕이) : 옛날의 유명한 목수. 공수반(公輪般)과 함께 이
  름이 알려져 있다.

- 幸(행) : 倖(행)과 통하여, 「요행이 형벌을 면케 되기 바라는
  것」.

- 犀(서) : 堅(견)의 뜻으로 「兪樾說 韓非子集解」, 「튼튼한 것」,
  「견고한 것」.

- 犯(범) : 극복하는 것.

- 阪阻(판조) : 언덕지고 험한 곳.

- 檝(집) : 배의 노.

- 絕(절) : 강물을 가로질러 건너는 것.

　　＊여기서는 「어짊과 의로움(仁義)」 및 「사랑과 은혜(愛
惠)」를 내세우는 유가의 가르침을 비평하면서 자기 사상을
논한 것이다. 듣기엔 좋은 「어짊과 의로움」 또는 「사랑과 은
혜」보다는 「엄한 형벌과 중한 처벌」 및 「상과 이익」을 바탕으
로 한 법술이 나라를 다스리는 데에는 훨씬 편리한 것이라는
주장이다.

7.

속담에 「문둥이가 임금을 가엾게 여긴다.」는 말이 있다. 이건 공손치 못한 말이라 할 것이다. 그렇기는 하지만 옛날부터 헛된 속담은 없었으니 잘 살피지 않으면 안될 것이다.

이 속담은 신하에게 협박을 당하거나 죽음을 당해 멸망한 임금을 두고 한 말이다. 임금에게 그의 신하들을 제어(制御)할 법술이 없다면 비록 여러 해의 경험과 아름다운 재능을 지녔다 하더라도, 대신은 여전히 권세를 얻어 일을 멋대로 처리하고 각기 사사로운 개인의 욕망을 추구하게 될 것이다. 그러면서 임금의 부형(父兄)들이나 호걸(豪傑) 같은 사람들이 임금의 힘을 빌어 자기의 행동을 막고 처벌하지 않을까 두려워한다. 그러므로 현명하고 나이 먹은 임금은 죽여 버리고서 어리고 약한 임금을 세우며, 올바른 임금을 쫓아 내고 의롭지 못한 임금을 세우게 되는 것이다.

그러므로 「춘추(春秋)」에는 다음과 같은 기록이 있다.

「초(楚)나라 왕자 위(圍)는 정(鄭)나라로 사신으로 나가려 하다가 국경을 넘기 전에 임금이 병이 났다는 말을 듣고 되돌아와 문병하러 들어가서는 그의 관(冠) 끈으로 임금을 목졸라 죽이고서는 마침내는 스스로 임금자리에 올랐다.」

「제(齊)나라 최저(崔杼)는 그의 처가 아름다웠는데 장공(莊公)이 그와 밀통(密通)하여 자주 최저의 집을 드나들었다. 한번은 장공이 그곳엘 가자, 최저의 부하 가거(賈擧)가 최저의 부하들을 거느리고 장공을 공격하였다. 장공은 방 안으로 쫓겨 들어가서 최저에게 나라를 쪼개어 줄 것을 제의하였다. 최저는 그러나 들어 주지 않았다. 장공은 다시 종묘(宗廟)로 가서 자결(自決)하게 해달라고 청원하였다. 최저는 또 들어 주지 않았다. 장공은 이에 도망쳐서 북쪽 담을 뛰어 넘으려 하였는데, 가거가 장공을 활로 쏘아 그의 넓적다리를 맞추어 장공이 땅바닥으로 떨어졌다. 최저의 부하들이 달려가 창으로 장공을 찔러 죽였다. 그리고는 그의 아우 경공(景公)을 임금자리에 앉혔다.」

근래에 본 일로는 이태(李兌)가 조(趙)나라의 실권을 잡고 나서 임금의 아버지를 굶기어 백일 만에 죽게 하였다. 탁치(卓齒)는 제(齊)나라의 실권을 잡자 민왕(湣王)의 다리 근육을 뽑아 종묘의 들보에 걸어놓아 하룻밤 만에 죽게 하였다. 그러므로 문둥이는 비록 부스럼이 나고 곪고 하기는 하였지만, 위로 춘추시대 왕들과 견주어 보면 목을 매이거나 넓적다리를 화살에 맞은 일이 없으며, 아래로 근세 왕들과 견주어 보아도 굶기어 죽거나 근육을 뽑히기까지 한 일은 없다. 그러므로 신하에게 협박을 당하고 죽음을 당하여 멸망하는 임금은 그의 마음의 근심과 두려움과 몸의 고통이 반드시 문둥이들보다도 더할 것이다. 이렇게 본다면 비록 문둥이라 하더라도 임금을 가엾게 여길 수가 있을 것이다.

諺曰, 屬憐王. 此不恭之言也. 雖然, 古無虛諺, 不可不察也. 此謂劫殺死亡之主言也. 人主無法術以御其臣, 雖長年而美材, 大臣猶將得勢擅事主斷, 而各爲其私急. 而恐父兄豪傑之士, 借人主之力, 以禁誅於己也, 故弑賢長而立幼弱, 廢正適而立不義. 故春秋記之曰, 楚王子圍, 將聘於鄭, 未出境, 聞王病而反, 因入問病, 以其冠纓絞王而殺之, 遂自立也, 齊崔杼, 其妻美而莊公通之, 數如崔氏之室. 及公往, 崔子之徒賈擧, 率崔子之徒而攻公. 公入室, 請與之分國, 崔子不許. 公請自刃於廟, 崔子又不聽. 公乃走, 踰於北牆, 賈擧射公, 中其股, 公墜. 崔子之徒,

以戈斫公而死之, 而立其弟景公.

近之所見, 李兌之用趙也, 餓主父百日而死. 卓齒之用齊也, 擢湣王之筋, 懸之廟梁, 宿昔而死. 故厲雖癰腫疕瘍, 上比於春秋, 未至於絞頸射股也. 下比於近世, 未至餓死擢筋也. 故劫殺死亡之君, 此其心之憂懼, 形之若痛也, 必甚厲矣. 由此觀之, 雖厲憐王可也.

- 諺(언) : 속담.
- 厲(여) : 나병(癩病)환자, 문둥이.
- 劫殺(겁살) : 신하에게 임금이 협박당하고 죽음을 당하는 것.
- 擅事主斷(천사주단) : 일을 멋대로 처리하고 멋대로 결정하는 것.
- 私急(사급) : 사사로운 욕망이나 이익.
- 父兄(부형) : 임금의 아버지 형제들과 자기 형제들 같은 왕족(王族)들.
- 春秋(춘추) : 공자가 지은 그 시대의 역사. 초(楚)나라 왕자 위(圍)에 관한 얘기는「좌전(左傳)」소공원년(昭公元年)의 기록에, 제((齊)나라 최저(崔杼)에 대한 얘기는「좌전」양공(襄公) 25년의 기록에 보인다.
- 聘(빙) : 한 나라를 대표하여 다른 나라에 사절로 가는 것.
- 冠纓(관영) : 관에 달린 끈.
- 崔杼(최저) : 춘추시대 제(齊)나라 사람. 장공(莊公)을 죽이고

경공(景公)을 임금자리에 앉힌 뒤 재상이 되었다. 뒤에 경봉(慶封)에게 공격당하여 목을 매어 죽었다.

- 李兌(이태) : 전국시대 조(趙)나라 사람. 혜문왕(惠文王) 4년 임금의 아버지 무령공(武靈公)을 죽이고 조나라 실권을 잡았었다.
- 卓齒(탁치) : 淖齒(뇨치)로 보통 쓰며, 춘추시대 초(楚)나라 사람. 제(齊)나라 민왕(湣王)을 죽이고 연(燕)나라 군사와 제나라 땅을 나누어 차지했다. 뒤에 왕손가(王孫賈)에게 죽음을 당한다.
- 筋(근) : 근육, 넓적다리 근육.
- 癰腫(옹종) : 종기가 난 것. 癰은 癕과 동자(同字).
- 疕瘍(비양) : 부스럼이 난 것.
- 絞頸(교경) : 목을 매이는 것.

*「문둥이가 임금을 가엾게 여긴다.」는 속담은 어지러운 현실에 대한 한비의 역설(逆說)적인 표현이다. 한비 자신도 그러하였지만 전국시대의 많은 명사들이 비명에 죽었고 또 수많은 임금들이 그들의 왕위를 잃었다는 것을 생각하면, 이러한 역설을 낳게 한 한비의 울분을 짐작할 수 있을 것이다. 사람이 올바로 처신 못하면 결과적으로는 임금이라 하더라도 문둥이만도 못한 비참한 종말을 맞이하게 된다는 것이다.

한비자

제5권

15. 망징편亡徵篇

이 편에선 나라가 망하는 징후(徵候)는 어떤 것인가에 대해서 47가지를 조목 별로 들어 얘기하고 있다. 그 내용은 모두 법술로서 나라를 다스려야만 한다는 그의 사상과 상통하는 것들이다. 여기에는 그중의 중요한 부분을 보기로서 번역하기로 한다.

이처럼 자기의 생각을 조목별로 들어 얘기하는 것은 이병편(二柄篇)이나 팔간편(八姦篇)에서도 사용한 방법이었다. 논리의 전개에 있어서까지도 법가(法家)다운 냉혹성(冷酷性)이 엿보이는 듯하다.

1.

무릇 임금의 나라는 조그맣고 제후들의 나라는 크며 임금의 권세는 가볍고 신하들의 세도가 무거운 나라는 망할 것이다. 법령과 금령(禁令)은 간단하고 모의(謀議)와 계책에만 힘쓰며, 나라 안은 황폐케 하고서 다른 나라의 원조만 믿는 나라는 망할 것이다. 여러 신하들이 학문을 하여 그 제자들이 논란(論難)하기 좋아하며, 장사꾼들은 재물을 다른 나라에 쌓아놓고 낮은 백성들이 안으로 곤경에 빠져 있는 나라는 망할 것이다. 화려한 궁전과 누각과 정원을 좋아하고 수레와 옷과 기구와 지니는 물건들을 사치하게 하며, 백성들을 피폐케 하고 재물을 소비하는 나라는 망할 것이다. 날짜를 받고 귀신을 섬기며 점을 믿고 제자를 좋아하는 나라는 망할 것이다. 벼슬만을 따르고 여러 사람의 말을 검토하지 않으며 한 사람만이 중요한 자리를 차지한 나라는 망할 것이다.

凡人主之國小而家大, 權輕而臣重者, 可亡也. 簡法禁而務謀慮, 荒封内而恃交援者, 可亡也. 羣臣爲學, 門子好辯, 商賈外積, 小民内困者, 可亡也. 好宮室臺榭陂池, 事車服器玩好, 罷露百姓, 煎靡貨財者, 可亡也. 用時日, 事鬼神, 信卜筮, 而好祭祀者, 可亡也. 聽以爵不以衆言參驗, 用一人爲門户者, 可亡也.

- 交援(교원) : 친한 외국의 원조.
- 臺榭(대사) : 누대(樓臺)·누각(樓閣) 같은 것.
- 陂池(파지) : 언덕과 연못이 있는 정원.
- 罷露(피로) : 露는 潞(로)와 통하여, 「피폐(疲弊)」의 뜻.
- 煎靡(전미) : 소비, 소모.

* 여기엔 나라를 망하게 하는 47가지 징후들 가운데서 첫머리 6가지만을 번역하였다. 전체적으로 볼 때 이 편은 어떻게 하면 법술로서 강한 나라를 만들어 천하를 통일 할 수 있는가 하는 점에 중점을 두고 있다. 그것은 앞의 「간겁시신편(姦劫弑臣篇)」에서의 경향과도 통한다.

2.

　너무 탐욕하여 만족할 줄 모르고 이익만을 가까이 하며 이득을 좋아하는 나라는 망할 것이다. 지나친 형벌을 좋아하며 법을 따르지 않고 변설(辯說)을 좋아하면서도 그 실용은 추구하지 않고 아름다운 문식(文飾)을 함부로 하면서도 그 공용(功用)을 돌보지 않는 나라는 망할 것이다. 행동이 천박하여 속을 알아보기 쉽고 비밀을 누설하며 잘 지키지 않으며 생각을 주도면밀(周到綿密)히 갖지 아니하고 여러 신하들의 말에 통하는 나라는 망할 것이다. 매우 강하여 조화되지 아니하고 고집 세워 간하여 남을 이기기 좋아하고 국가는 돌보지 않고서 가벼이 스스로를 믿는 나라는 망할 것이다. 서로 사귀어 돕는 나라를 믿고서 가까운 이웃나라를 소홀히 하고 강대한 나라의 구원을 의지하여 자기를 압박하는 나라를 업신여기는 나라는 망할 것이다. 외국에 머물고 있는 선비가 외국의 두터운 뇌물을 받고 임금은 계책을 소홀히 하며 아래로 백성들과 더불어 일하는 나라는 망할 것이다. 백성은 그들의 재상을 믿지 아니하고 신하들은 그들의 임금을 떠받들지 아니하는 데 임금은 그들을 사랑하고 신임하여 파면시키지 못하는 나라는 망할 것이다. 나라 안의 호걸들은 섬기지 아니하며 나라 밖의 선비들을 구하여 쓰고 신하의 공로를 심사하고 시험하지 않고서 그들의 명성에 따라 벼슬을 주기 좋아하며 그 나라에 와 있는 외국사람이 귀하여짐으로써 예부터 섬기던 자들을 능가하게 되는 나라는 망할 것이다. 그의 올바른 적자(嫡子)를 경시하여 서자(庶子)가 그와 맞먹으며 태자가 결정되지도 않았는데 임금이 세상을 떠나는 나라는 망할 것이다. 마음만 크게 갖고서 뉘우침이 없고 나라는 어지러운데 스스로는 현명하다 생각하고 나라 안의 자본은 생각치 아니하고 그의 이웃 적국을 가벼이 여기는 나라는 망할 것이다. 나라는 작은데도 겸손히 처신하지 아니하고, 힘은 적은 데도 강한 자를 두려워하지 아니하고, 무례하게도 큰 이웃나라를 업신여기며 지나치게 탐욕하면서 외교에 졸열한 나라는 망할 것이다. 태자를 이미 봉하였는 데도 강한 적국에 장가들어 그 여자를 부인으로 삼으면 태자가 위태로워지는데, 그렇게 되면 여러 신하들은 걱정하기 쉽게 되고 여러 신하들이 걱정을 잘하는 나라는 망할 것이다. 겁내고 두려워하면서 수비는 약하게 하고 지레짐작으로 마음이 유약해지며 옳은 줄 알면서도 결단을 내려 감히 실행치 못하는 나라는 망할 것이다. 임금이 외국에 망명해 있는데도 나라에서 다른 임금을 앉히고 태자가 인질 (人質)로 잡혀 가 돌아오지 않고 있는 데도 임금이 태자를 바꾸는 일이 있는데, 이렇게 되면 나라엔 두 임금과 태자 가 있게 되며 나라에 두 임금과 태자가 있는 나라는 망할 것이다. 대신들을 꺾고 욕보이면서 그들과 친하게 지내 고 백성들을 처형하고 죽이면서 그들을 가까이 부리고 그들이 노여움을 품고 치욕을 생각하고 있는데도 그들을 신임하고 가까이하면 곧 역적이 생겨나는데, 역적이 생 기는 나라는 망할 것이다. 대신들이 권력을 다투고 임금 의 부형들이 강한 자가 많고 안으로는 당파를 만들고 밖 으로는 외국의 원조를 받음으로써 일하는 권세를 다투는 나라는 망할 것이다. 비첩(婢妾)들의 말을 따르고 총애하 여 가까이하는 자들의 지혜를 쓰며 나라 안팎이 슬퍼하 고 한탄하는 데도 자주 불법된 짓을 행하는 나라는 망할 것이다.

饕貪而無饜, 近利而好得者, 可亡也. 喜淫刑而不
周於法, 好辯說而不求其用, 濫於文麗而不顧其功
者, 可亡也. 淺薄而易見, 漏泄而無藏, 不能周密而
通羣臣之語者, 可亡也. 很剛而不和, 愎諫而好勝,

不顧社稷而輕爲自信者, 可亡也. 恃交援而簡近鄰,
怙强大之救而侮所迫之國者, 可亡也. 羈旅僑士, 重
帑在外, 上閒謀計, 下與民事者, 可亡也. 民不信其
相, 下不能其上, 主愛信之, 而弗能廢者, 可亡也. 境
內之傑不事, 而求封外之士, 不以功伐課試, 而好以
名問舉錯, 羈旅起貴, 以陵故常者, 可亡也. 輕其適
正, 庶子稱衡, 太子未定, 而主卽世者, 可亡也. 大心
而無悔, 國亂而自多, 不料境內之資, 而易其鄰敵者,
可亡也. 國小而不處卑, 力少而不畏强, 無禮而侮大
鄰, 貪愎而拙交者, 可亡也. 太子已置, 而娶於强敵
以爲后妻, 則太子危, 如是, 則羣臣易慮者, 可亡也.
怯懾而弱守, 蚤見而心柔懦, 知有謂可, 斷而弗敢行
者, 可亡也. 出君在外, 而國更置, 質太子未反, 而君
易子, 如是則國攜, 國攜者, 可亡也. 挫辱大臣而押
其身, 刑戮小民而逆其使, 懷怒思恥而專習, 則賊生,
賊生者, 可亡也. 大臣兩重, 父兄衆强, 內黨外援, 以
爭事勢者, 可亡也. 婢妾之言聽, 愛玩之智用, 外內
悲惋, 而數行不法者, 可亡也.

• 饕貪(도탐) : 지나치게 탐욕을 내는 것.

- 無壓(무염) : 만족할 줄 모르는 것.
- 文麗(문려) : 아름다운 형식.
- 易見(이견) : 자기 생각을 쉽사리 드러내어 보이는 것.
- 無藏(무장) : 비밀을 꼭 지키지 않는 것.
- 很剛(흔강) : 매우 군센 것.
- 交援(교원) : 서로 사귀며 돕는 나라.
- 羈旅(기려) : 자기 나라를 떠나 외국에 가 있는 것.
- 僑士(교사) : 외국에 머물러 있는 선비.
- 重帑(중탕) : 많은 뇌물(陳啓天說).
- 封外(봉외) : 봉역(封域) 밖, 앞 경내(境內)의 반대로「나라 밖.」
- 名間(명문) : 間은 聞(문)과 통하여(太田方 韓非子翼毳)「들리는 명성.」
- 故常(고상) : 오래 전부터 섬기고 있던 신하.
- 適正(적정) : 올바른 적계(嫡系).
- 稱衡(칭형) : 서자가 적자와「비슷이 맞먹으려 드는 것.」
- 卽世(즉세) : 세상을 떠나는 것.
- 自多(자다) : 스스로 자기가 현명하다고 생각하는 것.
- 怯懾(겁섭) : 겁내고 두려워하는 것.
- 蚤見(조견) : 지레 짐작을 하는 것.
- 懦(유) : 약함.
- 謂可(위가) : 謂자는 잘못 끼어든 자임(盧文詔說).
- 國攜(국휴) : 나라에 두 임금, 또는 두 태자를 갖게 되는 것(陳啓天說).

- 逆其使(역기사) : 逆은 近(근)의 잘못(顧廣圻說), 따라서 「가 까이하며 그들을 부리는 것.」
- 專習(전습) : 專은 專任(전임), 習은 褻近(설근)의 뜻(唐敬果 選 注韓非子), 곧 「그들을 임용하며 가까이 지내는 것.」
- 賊(적) : 임금을 해치는 역적.
- 兩重(양중) : 대신들이 권세를 다투는 것(陳啓天說).
- 內黨外援(내당외원) : 나라 안에선 당파를 형성하고 밖으론 외국의 힘을 비는 것.
- 惋(완) : 한탄함.

* 앞 단을 이어 「나라가 망할 징조」를 열거하고 있다.

3.

대신을 업신여기며 그의 부형들에게 무례한 짓을 하고 백성들을 수고롭게 하고 괴롭히며 죄 없는 사람을 죽이는 나라는 망할 것이다. 지혜로써 법을 어기기를 좋아하고 대대로 공사(公事)에 사사로운 이해관계를 섞어 처리하며 금령(禁令)을 변경하고 명령을 자주 내리는 나라는 망할 것이다. 견고히 수비된 땅은 없고 성곽(城郭)은 형편없으며 쌓아 놓은 재물도 없고 재원도 적으며, 나라를 수비하거나 전쟁을 할 준비는 없으면서도 가벼이 외국을 공격하거나 정벌하는 나라는 망할 것이다. 친족(親族)들은 오래 살지 못하고 임금은 자주 세상을 떠나 아이가 임금이 되어 대신들이 권세를 마음대로 하며 외국에서 와 있는 사람들을 내세워 자기 당파로 삼고 자주 땅을 떼어주면서 국교(國交)를 유지하려는 나라는 망할 것이다. 태자가 존귀하여지고 그의 도당(徒黨)들이 많고도 강하며 큰 나라와의 교제가 잦아서 위세를 일찍이 갖추고 있는 나라는 망할 것이다. 임금의 마음이 편협하고도 조급하여 가벼이 서두르고 발작적인 일을 잘하며 마음은 신경질적이어서 앞뒤를 헤아리지 않는 나라는 망할 것이다. 임금의 성내기 잘하여 군사를 일으키기 좋아하며 근본이 되는 농업을 소홀히 여기면서 전쟁을 가벼이 하려드는 나라는 망할 것이다. 귀족들은 서로 투기하고 대신들은 흥성하여 밖으로는 적국의 힘을 빌고, 안으로는 백성들을 곤경에 빠뜨림으로써 자기의 원수를 공격하는 데도 임금이 그를 처형치 않는 나라는 망할 것이다. 임금은 못났는데도 임금의 부형(父兄)벌 되는 사람들은 현명하며 태자는 경시를 받고 서자들이 그와 맞먹으며 관리들이 약하여 백성들을 제어하기 어렵게 되면은 곧 나라가 불안해지는데, 나라가 불한해지면은 망할 것이다. 노여움을 숨기고 있으면서 나타내지 아니하고 죄가 드러났는데도 처벌하지 아니하여 여러 신하들로 하여금 남몰래 서로 미워하면서 더욱 걱정하고 두려워하게 되었는데도 임금이 오랫동안 알지 못하는 나라는 망할 것이다. 군사를 출동시킴에 임명을 받은 장수의 권한이 너무 크고 변경 땅을 지키는 임무를 띤 사람이 너무 존귀하여져서 멋대로 권세를 휘두르고 함부로 명령을 내리어 임금에게 물어 보는 일 없이 자기 뜻대로 행동하는 나라는 망할 것이다. 부인들은 음란하고 임금의 어머니도 정부(情夫)를 두고 있어 안팎이 혼잡하게 통정(通情)을 하게 되어 남녀의 분별이 없게 되면은 이것을 「임금이 둘」이라 말하는데, 임금이 둘인 나라는 망할 것이다. 본부인은 천해지고 비첩(婢妾)들이 존귀하여지며 태자는 낮아지고 서자들이 높아지며 경상(卿相)들은 경시되고 내시(內侍)들이 중시되면은 이러한 것을 안팎이 서로 어긋난다고 하는데, 안팎이 서로 어긋나는 나라는 망할 것이다.

　　蘭侮大臣, 無禮父兄, 勞苦百姓, 殺戮不辜者, 可亡也. 好以智矯法, 時以私雜公, 法禁變易, 號令數

下者, 可亡也. 無地固, 城郭惡, 無畜積, 財物寡, 無守戰之備, 而輕攻伐者, 可亡也. 種類不壽, 主數卽世, 嬰兒爲君, 大臣專制, 樹羈旅以爲黨, 數割地以待交者, 可亡也. 太子尊顯, 徒屬衆强, 多大國之交, 而威勢蚤具者, 可亡也. 變褊而心急, 輕疾而易動發, 心惛忿而不訾前後者, 可亡也. 主多怒而好用兵, 簡本敎而輕戰攻者, 可亡也. 貴臣相妒, 大臣隆盛, 外藉敵國, 內困百姓, 以攻怨讐, 而人主弗誅者, 可亡也. 君不肖而側室賢, 太子輕而庶子伉, 官吏弱而人民桀, 如此則國躁, 國躁者, 可亡也. 藏怒而弗發, 懸罪而弗誅, 使羣臣陰憎而愈憂懼, 而久未可知者, 可亡也. 出軍命將太重, 邊地任守太尊, 專制擅命, 徑爲而無所請者, 可亡也. 后妻淫亂, 主母畜穢, 外內混通, 男女無別, 是謂兩主, 兩主者, 可亡也. 后妻賤而婢妾貴, 太子卑而庶子尊, 相室輕而典謁重, 如此則內外乖, 內外乖者, 可亡也.

- 簡侮(간모) : 가벼이 업신여기는 것. 簡과 동자(同字).
- 種類(종류) : 임금의 친족(親族).
- 徒屬(도속) : 태자에게 소속된 무리들.
- 變褊(변편) : 變은 辯(변)과 통하여 마음이 급한 것(兪樾說),

따라서 「마음이 편협한 것.」

- 悁忿(견분) : 조급히 성내는 것.
- 啙(자) : 헤아리는 것.
- 本敎(본교) : 근본적인 가르침, 농사를 가리킨다(陳啓天說).
- 側室(측실) : 임금의 아버지나 형과 항렬이 같은 분들(王先愼 說).
- 伉(항) : 짝의 뜻, 여기서는 「맞먹는 것.」
- 桀(걸) : 뛰어나 제어하기 어려운 것(松皐圓 韓非子纂聞). 傑 (걸)로 된 판본도 있음.
- 躁(조) : 불안(陳啓天說).
- 徑爲(경위) : 임금에게 물어보지 않고 바로 자기 뜻대로 하는 것.
- 畜穢(축예) : 정부를 두는 것.
- 相室(상실) : 경상(卿相)들(太田方 韓非子選毳).
- 典謁(전알) : 임금에게 신하들을 안내하여 뵙도록 하는 일을 맡고 있는 내시(內侍).

* 여기서도 앞단에 이어 「나라가 망할 징조」에 드는 여러 가지 일들을 열거하고 있다.

4.

대신이 매우 존귀하고 한 당파가 사람이 많고 강하여

임금의 판단을 막아 버리어 권세를 잡고서 나라를 멋대로 휘두르는 나라는 망할 것이다. 사사로운 집안의 벼슬이 쓰여지고 공을 세운 집안 자손들은 떨려 나며 지방에서 훌륭하다는 사람들은 등용되고 벼슬자리에서 수고를 많이 한 사람들은 면직되며 사사로운 행동이 존중되고 공적인 공로는 천대를 받는 나라는 망할 것이다. 나라는 텅 비게 되고 대신 집안은 충실해지며, 대대로 오래 살아온 집들은 가난해지고 외국에서 떠들어와서 사는 자들은 부해지며, 농사 지으며 전쟁하는 사람들은 곤궁하고, 상업이나 공업에 종사하는 백성들은 이득을 크게 올리는 나라는 망할 것이다. 큰 이익을 보고도 나아가지 않고 환난(患難)의 발단을 알고도 이에 대비하지 않으며 전쟁과 수비에 관한 일을 천박하게 여기면서 어짊과 의로움(仁義)으로 스스로를 장식하기에 힘쓰는 나라는 망할 것이다. 임금으로서의 효도는 행하지 않고 일반 사람들의 효도를 흠모하며 국가의 이익은 거들떠보지도 않고 임금 어머니의 명령만을 따르며 여자들의 의견을 따라 나라를 다스리고 환관(宦官)들의 계책을 따라 일을 처리하는 나라는 망할 것이다. 말은 잘하지만 법에 맞지 않고 마음은 지혜롭지만 술책(術)이 없으며, 임금이 재능이 많아 법도를 따라 일을 처리하지 않는 나라는 망할 것이다. 친한 신하가 들어오는 반면 오래 일해 온 신하가 물러가고 못난 자들이 일하는 반면 어질고 훌륭한 사람들은 숨어 버리며 공 없는 자들은 존귀해지고 노고를 많이 한 사람들은 천대(賤待)를 받는다면은 곧 신하들이 원망하게 될 것인데, 신하들이 원망하는 나라는 망할 것이다. 임금의 부형(父兄)들이나 대신들의 녹과 벼슬이 공로에 비하여 과분하고 그들의 수레와 옷의 장식이 자기의 등급을 지나치며, 사는 집과 생활이 너무 사치스러운 데도 임금이 이를 금하지 않으면은 곧 신하들의 마음은 한없이 욕심을 내게 되는데, 신하들의 마음이 한없는 욕심을 내는 나라는 망할 것이다. 임금의 친척이나 임금의 자손들이 백성들과 한 마을에 살며 그 이웃에 대하여 난폭하고 거만하게 구는 나라는 망할 것이다.

大臣甚貴, 偏黨衆强, 壅塞主斷, 而重擅國者, 可亡也. 私門之官用, 馬府之世絀, 鄕曲之善擧, 官職之勞廢, 貴私行而賤公功者, 可亡也. 公家虛而大臣實, 正戶貧而寄寓富, 耕戰之士困, 末作之民利者, 可亡也. 見大利而不趨, 聞禍端而不備, 淺薄於爭守

之事, 而務以仁義自飾者, 可亡也. 不爲人主之孝, 而慕匹夫之孝不顧社稷之利而聽主母之令, 女子用國, 刑餘用事者, 可亡也. 辭辯而不法, 心智而無術, 主多能而不以法度從事者, 可亡也. 親臣進而故人退, 不肖用事而賢良伏, 無功貴而勞苦賤, 如是則下怨, 下怨者, 可亡也. 父兄大臣祿秩過功, 章服侵等, 宮室供養太侈, 而人主弗禁, 則臣心無窮, 臣心無窮者, 可亡也. 公壻公孫, 與民同門, 暴慠其鄰者, 可亡也.

- 馬府(마부) : 위에 軍(군)자가 하나 더 붙어 있는게 옳으며 「軍馬之府」란 「전쟁에 공을 세운 집안」(龍宇純 韓非子集解補正).
- 絀(출) : 黜(출)과 통하여, 벼슬자리에서 쫓겨나는 것.
- 正戶(정호) : 바른 호적을 가지고 그 나라에 대대로 살아온 집.
- 寄禹(기우) : 외국으로부터 떠들어와 사는 사람들.
- 末作(말작) : 상업이나 공업 같은 말단적인 직업, 앞단에 보인 「本敎(본교)」와 대가 되는 말임.
- 刑餘(형여) : 남자의 생식기를 자르는 궁형(宮刑)을 받은 사람, 곧 환관(宦官).
- 章服(장복) : 옷과 수레 등의 여러 가지 장식.

• 慠(오) : 傲(오)와 통하여 「오만하게 굴다」.

*여기까지 한비가 든 나라의 「망할 징조」는 47종에 달한다. 이 조목들을 통하여도 한비의 법술사상의 성격을 알 수 있을 것이다. 그리고 그 내용들은 어지러운 전국시대의 시대상과 잘 부합되고 있어 재미있다.

5.

「망할 징조」란 반드시 망한다는 말이 아니라 그러면 망하게 될 거라는 것이다. 두 요(堯)임금 같은 사람이 있다면 둘이 다 천자가 될 수 없고, 두 걸(桀)왕 같은 사람이 있다 하더라도 둘이 다 나라를 망칠 수는 없다. 망한다는 것은 임금에게는 계기가 있는 것이어서, 반드시 나라가 다스려지거나 어지러운 것과 나라가 강하고 약한 것과 서로 관계를 갖게 된다. 나무가 부러짐은 반드시 좀벌레로 말미암은 것이고, 담이 무너지는 것은 반드시 틈으로 말미암은 것이다. 그렇지만 나무를 비록 좀벌레가 먹었다 해도 거센 바람이 불지 않으면 부러지지 않는다. 담에 비록 틈이 났다 하더라도 큰 비가 내리지 않으면 무너지지 않는다. 천자로서 술책(術)을 지니고 법을 행하여 망할 징조가 있는 임금들에게 비나 바람 같은 존재가 된다면은 그가 천하를 통일하는 일이란 어렵지 않을 것이다.

亡徵者, 非曰必亡, 言其可亡也. 夫兩堯不能相王, 兩桀不能相亡, 亡王之機, 必其治亂, 其强弱相踦者也. 木之折也, 必道蠹, 牆之壞也, 必通隙. 然木雖蠹, 無疾風不折, 牆雖隙, 無大雨不壞, 萬乘之主, 有能服術行法, 以爲亡徵之君風雨者, 其兼天下不難矣.

- 踦(기) : 倚(의)와 뜻이 통하여 「의지함」, 「관계됨」.
- 道(도) : 由(유)와 뜻이 통하여 「…으로 말미암아 된다.」는 뜻.
- 蠹(두) : 나무를 파먹는 좀벌레.
- 隙(극) : 틈.

*「망할 징조」가 있는 나라라고 해서 반드시 모두 망하는 것은 아니다. 벌레먹은 나뭇가지라 해서 반드시 모두 부러지는 것은 아닌 것과 같다. 그러나 벌레먹은 나뭇가지에 바람이 불면 부러져 버리듯 「망할 징조가 있는 나라」는 법술로써 나라를 다스리는 임금을 대하기만 하면 곧 망해버린다는 것이

다. 전국시대의 여러 나라들은 모두 여기에든 「망할 징조」를
몇 개씩은 가지고 있었으니, 한비는 자기의 법술을 따르기만
하면 어렵지 않게 천하를 통일할 수 있다고 간접적으로 선전
하고 있는 것이다.

16. 삼수편三守篇

「삼수」란 임금이 나라를 지키는데 꼭 지켜야만 할 세 가지 일을 가리킨다. 여기에 든 세 가지 사항을 잘 지켜야만 나라가 편안하다는 것이다.

후반 부분은 「삼겁(三劫)」에 대한 설명을 하고 있다. 「삼겁」이란, 첫째 「사겁(事劫)」으로서 신하가 나라의 권세를 휘두르는 것, 둘째는 「명겁(明劫)」으로서 신하가 드러내 놓고 임금을 협박하는 것, 셋째는 「형겁(刑劫)」으로서 신하가 나라의 형벌과 명령을 멋대로 행하는 것이다. 이 「삼겁」이 있는 나라가 망한다는 것은 말할 것도 없다.

전편의 주지(主旨)는 「이병편(二柄篇)」이나 「간겁시신편(姦劫弑臣篇)」에 가까우며, 그 구성도 이미 여러 편에서 보아온 한비의 조목을 좋아하는 논리경향과 같다. 여기엔 앞의 「삼수」에 관한 기록만을 번역한다.

임금에는 세 가지 지킬 것(三守)이 있다. 세 가지 지킬 것이 완전하면은 곧 나라가 편안하고 자신도 영화로워지며, 세 가지 지킬 것이 완전하지 못하면은 곧 나라가 위태롭고 자신도 위태로워진다.

무엇을 세 가지 지킬 것이라 하는가? 신하들의 논의나 실권자들의 잘못이나 행정상의 과오나 여러 신하들의 감정 같은 것을 임금이 마음에 감추어 두지 않고 그것을 가까이 섬기는 시신(侍臣)들에게 누설하는 것이다. 그러면 신하들이 말하고자 하는 자가 있다 하더라도 아래로 가까이 섬기는 시신들의 마음에 영합함으로써 위로 임금에게 자기의 의견이 알려지도록 하지 않을 수가 없게 된다. 그러면 바른 말을 하는 곧은 사람들이 임금을 가까이하지 못하고 날로 멀어지게 된다.

신하를 좋아한다고 덮어놓고 이롭게 해줘서는 안되

며, 명성이 있은 뒤에 이롭게 해야 한다. 신하를 미워한다고 덮어놓고 해쳐서는 안되며, 비난이 있은 뒤에 해를 가해야 한다. 그러므로 임금의 위엄이 없으면 권세가 아래 신하들에게 있게 되는 것이다.

스스로 나라를 다스리는 수고로움을 싫어하고, 여러 신하들을 부리고 많은 정사(政事)들이 몰려닥치는 것을 꺼리어 권리를 신하들에게 옮겨 주고 권한을 신하들에게 맡겨 사람을 죽이고 살리는 기틀과 벼슬이나 재물을 주고 뺏는 권리가 모두 대신들에게 있게 되면 이런 임금은 침해를 당할 것이다.

이것을 일컬어 세 가지 지킬 것이라 말하며, 이 세 가지 지킬 것이 완전하지 않다면 곧 임금을 협박하고 죽이는 징후가 생기게 된다.

人主有三守, 三守完, 則國安身榮, 三守不完, 則國危身殆. 何謂三守? 人臣有議當塗之失, 用事之過, 擧臣之情, 人主不心藏而漏之近習能人, 使人臣之欲有言者, 不敢不下適近習能人之心, 而乃上以聞人主. 然則端言直道之人不得見, 而忠直日疏. 愛人, 不獨利也, 待譽而後利之. 憎人, 不獨害也, 待非而

後害之. 然則人主無威, 而重在左右矣. 惡自治之勞
憚, 使羣臣輻湊用事, 因傳柄移藉, 使殺生之機, 奪
予之要在大臣, 如是者侵. 此謂三守不完, 三守不完,
則劫殺之徵也.

- 適(적) : 쫓는 것, 영합하는 것.
- 憚(탄) : 꺼리는 것.
- 輻湊(폭주) : 한목에 밀어닥침.
- 傳柄(전병) : 권한을 신하들에게 전하여 주는 것.
- 移藉(이자) : 권리를 신하들에게 옮겨 주는 것.

*임금이 꼭 지켜야 할 세 가지 일인 「삼수」를 요약하면,
첫째, 비밀을 지킬 줄 알 것, 둘째, 상벌(賞罰)을 분명히 할
것, 셋째, 나라의 권세를 신하들에게 맡기지 말고 직접 행사
할 것의 세 가지다. 이는 다른 편에서도 보이는 한비의 이론
과 상통하는 것임으로 별다른 해설이 필요 없을 것 같다.

17. 비내편備內篇

「안에서 해치려는 사람들에 대비하라.」는 이론을 펴고 있는 편. 신하들은 물론 처자들도 믿을 수 없다는 게 그 내용이다. 한비의 철저한 인간불신(人間不信)의 면모를 보여 준다. 여기에는 이 편의 대요(大要)가 되는 첫 단을 번역하기로 한다.

임금의 환난은 사람들을 신용하는 데 있다. 사람들을 신임하면 남에게 제어를 당한다. 신하들의 그의 임금과의 관계는 골육(骨肉)의 친분이 있는 게 아니라, 권세에 매여서 하는 수 없이 섬기고 있는 것이다. 그러므로 신하가 된 자들은 그의 임금의 마음을 엿보아 틈타려고 잠시도 쉬지 않고 생각하고 있다. 그런데 임금이 태만하게 윗자리에 앉아 있으니, 바로 이것이 세상에 임금을 협박하거나 죽이는 일이 있게 되는 까닭인 것이다.

임금된 사람이 그의 아들을 너무 신임하면, 곧 간신들은 아들을 업고서 그들의 사사로운 욕망을 달성하려 한다. 그러므로 이태(李兌)가 조(趙)나라 왕의 스승이 되자, 그의 아버지 주보(主父)를 굶겨 죽게 하였던 것이다. 임금된 사람이 그의 처를 너무 신임하면, 곧 간신들은 그의 처를 업고서 그들의 사사로운 욕망을 달성한다. 그러므

로 우시(優施)가 여희(麗姬)의 스승이 되어 신생(申生)을
죽이고 해제(奚齊)를 임금자리에 앉혔던 것이다. 처(妻)
처럼 가깝고 자식처럼 친한 사이도 믿을 수가 없으니, 곧
그 나머지를 믿어서 안됨은 말할 것도 없다.

人主之患, 在於信人, 信人則制於人. 人臣之於其
君, 非有骨肉之親也, 縛於勢而不得不事也. 故爲人
臣者, 窺覘其君心也, 無須臾之休, 而人主怠懈處其
上, 此世所以有劫君弑主也. 爲人主而大信其子, 則
姦臣得乘於子, 以成其私. 故李兌傅趙王而餓主父.
爲人主而大信其妻, 則姦臣得乘於妻, 以成其私, 故
優施傅麗姬, 殺申生而立奚齊. 夫以妻之近與子之
親, 而猶不可信, 則其餘無可信者矣.

- 縛(박) : 묶이는 것, 속박(束縛).
- 窺覘(규점) : 틈을 타려고 엿보는 것.
- 李兌(이태) : 전국시대 조(趙)나라 사람. 혜문왕(惠文王) 4년에
  임금의 아버지 주보(主父)를 죽이고 조나라의 실권을 잡았었
  다(간겁시신편 참조).
- 優施(우시) : 춘추시대 진(晉)나라 헌공(獻公)을 섬기던 배우.
  그는 헌공의 애희(愛姬)인 여희(驪姬)와 음모를 꾸며 태자 신

생(申生)을 죽이고 여희의 아들 해제(奚齊)를 태자로 삼은 뒤
다른 공자(公子)들도 모두 쫓아내었다. 헌공이 죽은 뒤 해제
가 왕위에 올랐고, 다시 여희의 아들 탁자(卓子)도 왕위를 이
었으나, 여희와 함께 모두 이극(里克)에게 죽음을 당하였다.

• 麗姬(여희) : 麗는 驪(여)로도 쓴다. 姬는 성씨에서 속자로 쓴
  다.

＊임금은, 남은 물론 자기의 처자들까지도 믿어서는 안된
다는 것이다. 이 뒤로는 임금은 「늘 먹던 음식이 아니면 먹지
말라.」는 등 인간불신론을 더욱 전개하면서, 오직 법과 형벌
로 사람들을 바라는 길로 인도하여야 한다고 역설한다.

18. 남면편南面篇

옛날부터 임금은 남쪽을 향하여 앉아서 여러 신하들과 조회(朝會)를 하였다. 여기에서 「남면칭왕(南面稱王)」이란 말까지 생겨났다. 따라서 이 편은 임금은 어떻게 신하들을 제어하고, 어떻게 정치를 하여야 하는가를 논한 것이다. 앞의 「비내편(備內篇)」과 연관이 되는 것이지만, 이미 여러 번 보아온 법술(法術)에 대한 주장이 그 대요(大要)를 이루고 있다. 여기에는 「밝은 법」의 시행을 주장한 일단을 번역한다.

1.

　임금이 법을 분명히 함으로써 대신들의 위압을 제어하지 못하면 백성들의 신임을 얻을 길이 없게 되는 것이다. 임금이 법을 소홀히 하면서 신하로서 신하들을 대비케 하면, 곧 서로 좋아하는 자들은 함께 어울리면서 서로 칭찬하고, 서로 미워하는 자들은 무리를 이루어 서로 비난한다. 비난하는 사람들과 칭찬하는 사람들이 서로 다투면은 곧 임금은 미혹되게 되는 것이다.

　신하들은 실권자들에게 명성을 얻고 실권자들에게 청탁하지 않으면 벼슬을 얻을 수가 없고, 법을 어기어 전제(專制)하지 않으면 위엄을 지닐 수가 없고, 충성과 신임을 빌지 않으면 금지당하지 않는 수가 없게 된다. 이 세 가지는 임금을 혼미하게 하고 법을 파괴하는 바탕인 것이다. 임금은 신하들로 하여금 비록 지혜와 능력이 있다 하더라도 영을 어기면서 전제를 할 수 없고, 비록 현명한 행동이 있다 하더라도 공을 넘어서 노고를 앞세울 수 없고, 비록 충성과 신임이 있다 하더라도 법을 소홀히 함으로써 금지당하지 않는 수가 없게 하여야 한다. 이것을 두고「법을 분명히 하는 것」이라 말하는 것이다.

人主不能明法而以制大臣之威, 無道得小人之信矣. 人主釋法而以臣備臣, 則相愛者比周而相譽, 相憎者朋黨而相非, 非譽交爭, 則主惑亂矣. 人臣者非名譽請謁, 無以進取, 非背法專制, 無以爲威, 非假於忠信, 無以不禁. 三者, 惛主壞法之資也. 人主使人臣雖有智能不得背法而專制, 雖有賢行不得踰功而先勞, 雖有忠信不得釋法而不禁. 此之謂明法.

- 請謁(청알) : 권세 있는 높은 사람들에게 청탁하는 것.
- 假(가) : 비는 것.
- 不禁(불금) : 자기가 하려는 행동을 금지당하지 않는 것, 곧 권세를 휘두름을 뜻한다.
- 惛(혼) : 혼미. 흐리멍텅함.

* 임금은 법을 분명히 하여야 한다는 법가 특유한 주장이

다. 신하들이란 권세를 이용하기도 하고, 법을 어기면서 자기 개인의 이익을 추구하기도 하고, 충성과 신임을 빌어 자기 멋대로 행동하면서 정치를 어지럽힌다. 이런 것은 모두 법을 분명히 함으로써만이 방지되는 것이라는 것이다.

19. 식사편飾邪篇

「식사」란 신하들의 사악한 마음을 수식한다는 뜻. 임금이 법술을 버리고 사사로운 마음을 따라 행동하면 신하들은 자기네 사악한 마음을 거짓 꾸미어 임금에게 아부한다는 것이다.

또 앞부분에선 점치는 것과 점성술(占星術) 같은 미신을 법에 대가 되는 사도(邪道)로서 공격하고 있다. 여기엔 맨뒤「임금의 도」를 논한 대목을 번역키로 한다.

1.

임금의 도(道)는 반드시 공사(公私)의 구분을 분명히 하고 법제를 밝히며 사사로운 은혜를 떠나는 데 있다. 명령은 반드시 행하여지고 금령(禁令)은 반드시 금지시킴은 임금으로서의 공의(公義)인 것이다. 반드시 그의 사사로운 신임으로 동료들에게 행동하려 들어 상을 줌으로써 독려할 수도 없고 벌을 줌으로써 막을 수도 없는 것은 신하로서의 사의(私義)인 것이다. 사의가 행하여지면 혼란에 빠지고 공의가 행하여지면 다스려진다. 그러므로 공과 사가 구분되는 것이다.

신하들에게는 사심(私心)과 공의(公義)가 있다. 자신의 몸을 닦고 청렴결백(淸廉潔白)하며 공정히 행동하고 바르게 행동하며 관직을 수행함에 사사로움이 없는 것은 신하로서의 공의이다. 더러운 행동을 하고 욕심을 따르며 자신만을 편안히 하고 자기 집안의 이익만을 도모하는 것은 신하로서의 사심이다. 밝은 임금이 윗자리에 있으면 곧 신하들은 사심을 버리고 공의를 행하게 된다. 어지러운 임금이 윗자리에 있으면 곧 신하들은 공의를 버리고 사심을 행사하게 된다.

그러므로 임금과 신하는 마음을 달리하게 된다. 임금은 계책으로서 신하들을 거느리고, 신하들은 계책으로서 임금을 섬긴다. 임금과 신하가 서로 쓰는 계책은, 자신을 해치면서 나라를 이롭게 하는 행동은 신하들이 하지 않고, 나라를 해치면서 신하들을 이롭게 하는 행동은 임금이 하지 않는 것이다. 신하들의 감정으로는 자신을 해친다는 것은 이익이 없다고 여기고 있고, 임금의 감정으론 나라를 해치면 친한 사람도 없다고 여기고 있다. 이런 임금과 신하가 계책으로서 합쳐져 있는 것이다.

어려움이 닥치면 필사적으로 임하고 지혜를 다하고 능력을 다 발휘하는 것 같은 일은 법으로서 그렇게 만드는 것이다. 그러므로 옛 임금들은 상을 분명히 함으로써 신하들을 독려하고 형벌을 엄격히 함으로써 신하들을 위협하였다. 상과 형벌이 분명하면 곧 백성들은 죽음을 무릅쓴다. 죽음을 무릅쓰면 곧 군대가 강하여지고 임금은 존귀해진다. 형벌과 시상을 잘 살피지 않으면 곧 백성들은 공 없이도 이익을 얻고 죄를 짓고도 요행히 형벌을 면하게 된다. 옛 임금들의 현명한 보필자(輔弼者)들은 능력을 다하고 지혜를 다 발휘하였던 것이다. 그러므로 공(公)과 사(私)가 분명하지 않으면 안되고 법령과 금령을 잘 살피지 않으면 안된다고 말한 것인데, 옛 임금들은 이 사실을 알고 있었던 것이다.

禁主之道, 必明於公私之分, 明法制, 去私恩. 夫令必行, 禁必止, 人主之公義也. 必行其私, 信於朋友, 不可爲賞勸, 不可爲罰沮, 人臣之私義也. 私義行則亂, 公義行則治, 故公私有分, 人臣有私心, 有公義. 修身潔白, 而行公行正, 居官無私, 人臣之公義也. 汗行從欲, 安身利家, 人臣之私心也. 明主在上, 則人臣去私心, 行公義. 亂主在上, 則人臣去公義, 行私心, 故君臣異心. 君以計畜臣, 臣以計事君. 君臣之交計也, 害身而利國, 臣弗爲也, 害國而利臣, 君不爲也. 臣之情, 害身無利, 君之情, 害國無親. 君臣也者, 以計合者也. 至夫臨難必死, 盡智竭力, 爲法爲之. 故先王明賞以勸之, 嚴刑以威之. 賞刑明則

民盡死, 民盡死則兵強主尊. 刑賞不察, 則民無功而求得, 有罪而幸免, 則兵弱主卑. 故先王賢佐, 盡力竭智. 故曰, 公私不可不明, 法禁不可不審, 先王知之矣.

- 禁(금) : 첫머리 禁자는 잘못 붙은 것이어서 없는게 옳다(顧廣圻說 韓非子集解).
- 沮(저) : 조지(阻止). 막는 것.
- 畜臣(휵신) : 신하들을 거느리는 것.
- 幸免(행면) : 요행히 처벌을 면함.
- 賢佐(현좌) : 현명한 보좌(補佐)자, 현명한 신하.

* 정치는 공사를 분명히 하여야 한다. 임금이나 신하가 사심(私心)을 버리고 공의(公義)를 따를 때 나라는 올바로 다스려진다. 그런데 임금과 신하의 이해관계는 반드시 합치되는 것은 아니다. 그러므로 법을 밝히고 상벌(賞罰)을 엄히 함으로써 나라의 공사(公私)가 분명해질 수 있다는 것이다.

옛 임금(先王)을 쳐드는 일이 거의 없던 한비가 이 편에선 옛 임금을 들어 자기의 논설을 전개하고 있는 것은 주의를 요한다.

한비자

제6권

20. 해로편解老篇

「해로」란 노자(老子)를 해설한다는 뜻. 앞의 주도편(主道篇)과 양각편(揚榷篇)처럼 법가사상 속에 숨어들어 있는 도가사상을 이해하는 데 큰 도움이 되는 내용이다. 그중에서 별로 중요하지 않은 대목 약간을 제외하고 번역하기로 한다.

1.

덕(德)이란 내면적인 것이고, 득(得)이란 외면적인 것이다. 「최고의 덕은 덕을 의식하지 않는 것이다.」고 한 노자(老子)의 말은 덕의 신묘(神妙)함은 외부의 사물(事物)들에 의하여 간섭당하지 않음을 뜻하는 것이다. 덕의 신묘함이 외부의 간섭당하지 않으면 그의 몸은 온전하다. 몸이 온전한 것을 득(得)이라 말하는 데, 「득」이란 몸을 온전히 얻었다(得身)는 뜻이다.

덕(德)이란 아무 일도 안함(無爲)으로써 모여들고 아무 욕망도 없는(無欲) 데에서 이루어지며, 생각하지 않음으로써 안정되고 애쓰지 않음으로써 굳어지는 것이다. 어떤 작위(作爲)를 가하고 욕망을 지니게 되면은, 곧 덕은 깃들 곳이 없게 된다. 덕이 깃들 곳이 없으면, 곧 온전치 못하게 된다. 애쓰고 생각하고 하면, 곧 덕은 굳어지지 않는다. 굳지 않으면 곧 공(功)이 없게 된다. 공이 없음은 곧 덕을 의식하는 데서 생기는 것이다. 덕이란 곧 덕을 의식치 않는 것이며, 덕이 없음은 곧 덕을 의식하는 것이다. 그러므로 노자는

「최고의 덕은 덕을 의식하지 않는 것이니, 그래서 덕이 있게 되는 것이다.」

고 말한 것이다.

德者內也, 得者外也. 上德不德, 言其神不淫於外也. 神不淫於外則身全. 身全之謂得, 得者得身也. 凡德者以無爲集, 以無欲成, 以不思安, 以不用固. 爲之欲之, 則德無舍, 德無舍, 則不全. 用之思之, 則不固, 不固則無功, 無功則生有德, 德則無德, 不德則在有德. 故曰, 上德不德, 是以有德.

- 上德不德(상덕부덕) : 이 구절은 노자(老子)의 「도덕경(道德經)」 38장에 보인다.
- 神(신) : 신묘(神妙)함. 덕의 정신.
- 淫(음) : 혼란되는 것, 간섭을 당하는 것.
- 舍(사) : 깃드는 것. 거처(居處).

*유가들은 「예기(禮記)」 악기편에 있는 것처럼 「덕(德)이란 득(得)이다.」고 주장하는 데 반하여, 덕과 득은 본시 다른 것임을 주장하는 도가(道家)의 입장을 해명한 것이다.

2.

아무것도 하지 않고 아무 생각도 하지 않음으로써 허정(虛靜)하게 된 것을 귀하게 여기는 까닭은 그 뜻이 제약(制約)받는 데가 없기 때문인 것이다. 술법(術法)을 지니고 있지 않은 자들은 일부러 아무것도 하지 않고 생각도 하지 않으면서 그것을 허정하다고 여기고 있다. 일부러 아무것도 하지 않고 생각도 하지 않는 것을 허정하다고 여기는 자들은 그의 뜻이 언제나 허정함을 잊지 않고 있기 때문이다. 이것은 허정하게 되는 것에 제약당하고 있는 것이다.

허정이란 것은 그의 뜻이 제약받는 곳이 없음을 뜻하는 것이다. 지금 허정하여지는 것에 제약을 받고 있으면 이것은 허정하지 않은 것이다. 허정하다는 것이 아무것도 하지 않는 것이라는 것은, 아무것도 하지 않는 것으로서 일정한 법도를 삼는 것은 아니다. 아무것도 하지 않는 것으로서 일정한 법도를 삼지 않으면 곧 허정해진다. 허정하면 곧 덕(德)이 성해지는 데, 덕이 성한 것을 최고의 덕(上德)이라 하는 것이다. 그러므로 노자는

「최고의 덕이란 아무것도 하지 않는 것이지만, 또 되지 않는 것도 없다.」

고 말한 것이다.

所以貴無爲無思爲虛者, 謂其意無所制也. 夫無術者, 故以無爲無思爲虛也. 夫故以無爲無思爲虛者, 其意常不忘虛, 是制於爲虛也. 虛者謂其意所無制也. 今制於爲虛, 是不虛也, 虛者之無爲也, 不以無爲爲有常. 不以無爲爲有常則虛, 虛則德盛, 德盛之謂上德. 故曰, 上德無爲, 而無不爲也.

- 虛(허) : 텅 비어 고요한 것, 곧 허정(虛靜).
- 制(제) : 제약(制約)을 받는 것.
- 常(상) : 일정한 법도.
- 故曰(고왈) : 역시 「노자(老子)」 제 38장에 보이는 말.

＊도가(道家)의 기본사상인 「무위(無爲)」, 곧 아무런 행동

도 하지 않고 아무런 생각도 하지 않는 것을 통하여 사람이 도달하는「허정(虛靜)」의 경지를 해설한 것이다.「무위」를 통한「허정」이야말로 바로 사람이 지닐 수 있는 최고의 덕(上德)이라는 것이다.

3.

어짐(仁)이란 것은 그의 마음속으로부터 혼연히 남을 사랑하게 됨을 뜻한다. 그처럼 남을 좋아하면 복을 받게 되고 남을 미워하면 화(禍)를 당하게 된다. 그것은 마음으로 서로 어찌할 수 없는 데서 생기는 것이지, 그 보답(報答)을 바라서 그러는 것은 아니다. 그러므로

「최고의 어짐(上仁)은 행하는 데 있지, 행하는 이유가 있는 것은 아니다.」

고 한 것이다.

의로움(義)이란 것은 임금과 신하와 위·아래의 일이며, 아버지와 자식과 귀하고 천한 차별이며, 알고 사귀는 친구 사이의 사귐이며, 친하고 먼 것과 안·겉의 구분인 것이다. 신하는 임금을 섬김이 마땅(宜)하며, 아랫사람은 윗사람을 따르는 게 마땅하며, 자식은 아버지를 섬김

이 마땅하며, 천한 사람은 귀한 사람을 존경하는 게 마땅하며, 알고 사귀는 친구들은 서로 돕는게 마땅하며, 친한 사람은 안으로 들이고, 먼 사람은 밖으로 내침이 마땅하다. 의로움이란 것은 그 마땅함(宜)을 뜻하며, 마땅하게 행동하는 것이다. 그러므로

「최고의 의로움(上義)은 행하는 데 있고, 또 행하는 이유가 있는 것이다.」

고 말한 것이다.

仁者, 謂其中心欣然愛人也. 其喜人之有福, 而惡人之有禍也. 生心之所不能已也, 非求其報也. 故曰, 上仁爲之, 而無以爲也. 義者, 君臣上下之事也, 父子貴賤之差也, 知交朋友之接也, 親疏內外之分也. 臣事君宜, 下懷上宜, 子事父宜, 賤敬貴宜, 知交友朋之相助也宜, 親者內而疏者外宜. 義者, 謂其宜也. 宜而爲之, 故曰, 上義爲之, 而有以爲也.

- 中心(중심) : 심중, 마음속.
- 欣然(흔연) : 기뻐하는 모양.
- 故曰(고왈) : 이곳에 인용된 말은 둘 다 지금의 「노자」 책에는 보이지 않는 말이다. 그러나 이 편 전체가 노자의 말을 해설

하고 있는 것임으로, 「노자」 판본엔 들어 있던 말이
라 생각된다.

- 宜(의) : 마땅한 것, 합당한 것, 「義(의)」와 음이 같은 글자이
  며 뜻도 관련이 있다.

＊여기에선 유가들의 근본 사상의 하나인 「인(仁)」과 「의
(義)」에 대한 도가적인 해설을 하고 있다. 「인」이란 아무런 목
적이나 의식 없이 자연스럽게 남을 사랑하는 것인데 반하여,
「의」란 어떤 목적과 의식을 가지고 모든 관계가 마땅하게 되
도록 행동하는 것이라는 것이다. 그러한 「인」과 「의」의 대조가
재미있다.

4.

도(道)란 만물이 그러하게 된 근거이며, 모든 이치(理)
가 머무르는 근원이다. 이치(理)란 물건이 이루어지는
조리(條理)이며, 도란 만물이 이룩된 근거인 것이다. 그러
므로

「도란 만물을 이치를 따라 다스리게 하는 것이다.」
고 말한 것이다.

道者, 萬物之所然也, 萬理之所稽也. 理者, 成物
之文也, 道者萬物之所以成也. 故曰, 道, 理之者也.

- 所然(소연) : 소이연(所以然). 그처럼 존재하고 있는 근거.
- 稽(계) : 머무르는 것.
- 文(문) : 무늬, 조리(條理).
- 故曰(고왈) : 이 구절도 지금의 「노자」 책에는 뵈지 않는다.
  그러나 「노자」 제14장에 「是謂道紀」란 말이 있는데 「紀(기)」
  는 「理」와 통하는 글자여서 한비는 이 구절을 약간 변화시
  켜 해설하고 있는 것 같다(顧廣圻說 韓非子集解).

  *도가의 근본인 「도(道)」와 함께 자연의 섭리(攝理)라고 할
수 있는 「이(理)」에 대한 해설. 이러한 「이」에 대한 사상은 후
세 송대에 이르러는 유가에도 영향을 미쳐 「성리학(性理學)」을
이룩한다.

  5.
  무릇 이치(理)라는 것은 모나고 둥근 것, 짧고 긴 것,
거칠고 아름다운 것, 견고하고 물른 것의 분별인 것이다.
그러므로 이치가 정해진 뒤에야 물건은 도(道)를 지닐 수
가 있는 것이다. 그러므로 이치가 정해져야 존재하고 없

어지는 게 있게 되고, 죽고 사는 것이 있게 되고, 성하고 쇠함이 있게 되는 것이다.

물건이 한 번은 존재했다가 한 번은 없어지며, 갑자기 죽기도 하고 갑자기 생겨나기도 하며, 처음에는 성하다가 뒤에는 쇠해지는 것은 일정함(常)이라 말할 수가 없다. 오직 하늘과 땅이 갈라짐과 함께 생겨나서 하늘과 땅이 없어지게 된다 하더라도 죽지도 않고 쇠하지도 않는 것을 일정함(常)이라 말한다. 그러니 일정함이란 바뀌어지는 일도 없고 정하여진 이치도 없는 것이다. 정하여진 이치가 없음은 일정함에 있는 것이 아니니, 그러므로 그 도(道)를 말할 수가 없는 것이다. 성인은 그 아득하고 텅 빔을 보며 그 두루 행하여짐을 이용하며 그것을 억지로 글자로 표현하여 도(道)라 한 것이다. 그렇지만 논할 수는 있다.

그러므로 노자는

「도(道)라 하더라도 말할 수 있는 도는 일정불변한 도가 아니다.」

고 말한 것이다.

凡理者, 方圓短長麤靡堅脆之分也. 故理定而後物

可得道也. 故定理有存亡, 有死生, 有盛衰. 夫物之
一存一亡, 乍死乍生, 初盛而後衰者, 不可謂常. 唯
夫與天地之剖判也俱生, 至天地之消散也, 不死不衰
者, 謂常. 而常者無攸易, 無定理. 無定理, 非在於常
所, 是以不可道也. 聖人觀其玄虛, 用其周行, 强字
之曰道, 然而可論, 故曰, 道之可道, 非常道也.

- 麤靡(추미) : 거친 것과 고운 것.
- 堅脆(견취) : 굳은 것과 연한 것.
- 常(상) : 일정한 것, 영구불변하는 것.
- 剖判(부판) : 갈라지는 것.
- 攸(유) : 所(소)와 같은 자로 「…하는 바」, 「…하는 것」의 뜻.
- 故曰(고왈) : 「노자」 제1장 첫머리 구절.

* 이 대목은 「노자」 가운데에서도 유명한 첫구절을 해설한
것이다. 여기에선 유가에서 말하는 당위법칙(當爲法則) 또는
윤리법칙(倫理法則)으로서의 도가 아니라, 사람의 지혜를 넘어
선 자연의 존재법칙(存在法則)으로서의 도를 해설한 것이다.
노자의 도는 말로 표현할 수도 없는 도이며 자연히 만물을 그
렇게 만들고 있는 불가사의한 도이다. 이 도를 체득한다는 것
은 바로 자연의 변화와 함께 움직이는 성인의 경지에 이름을
뜻한다. 한비가 「理(리)」에서부터 출발하여 「常(상)」을 거쳐

「道(도)」로 논리를 유도하고 있는 것은 재미있는 착상(着想)이라 하겠다.

6.

사람은 남(生)으로 시작하여 죽음으로 끝난다. 시작하는 것을 나온다(出)고도 하고, 끝나는 것을 들어간다(入)고도 한다. 그러므로,

「출생하여 입사(入死)한다.」

고 말한 것이다.

사람의 몸의 360개의 관절과 사지(四肢)와 9개의 구멍은 그 큰 기관이다. 사지와 9개의 구멍을 합치면 13이 된다. 13가지가 움직이고 가만이 있고 하는 것은 모두가 삶에 속한다. 한 곳에 속하는 것을 무리(徒)라고 말한다. 그러므로

「삶의 무리엔 13가지가 있다.」

고 말한 것이다.

그가 죽음에 이르러서는 13가지 기관이 모두 돌아가서 죽음에 속하게 된다. 그래서 죽음의 무리에도 13이 있다. 그러므로,

「삶의 무리에 13가지가 있고 죽음의 무리에도 13가지가 있다.」

고 말한 것이다.

人始於生, 而卒於死. 始之謂出, 卒之謂入, 故曰,
出生入死. 人之身三百六十節, 四肢, 九竅, 其大具
也. 四肢與九竅, 十有三者. 十有三者之動靜. 盡屬
於生焉. 屬之謂徒也. 故曰, 生之徒也. 十有三者, 至
其死也, 十有三具者, 皆還而屬之於死. 死之徒亦有
十三, 故曰, 生之徒十有三, 死之徒十有三.

- 故曰(고왈) : 이 대목에 인용된 「故曰」 밑의 구절들은 모두 현재의 「노자」 속에는 보이지 않는 말들이다.
- 四肢(사지) : 팔과 다리.
- 九竅(구규) : 사람 몸 가운데의 아홉 가지 구멍. 귀 둘, 눈 둘, 콧구멍 둘, 입, 똥구멍, 오줌 구멍.

*여기에선 숫자의 장난 같은 인상을 주는 별로 중요하지 않은 말들을 해설하고 있다. 예로써 번역해 보았다.

한비자

제7권

21. 유로편喻老篇

「유로」란 노자의 이론을 깨우친다는 뜻. 이 편에선 구체적인 사실을 보기로 든 다음 그것이 어떻게 노자의 철리(哲理)와 부합되는가를 해설하고 있다. 앞의 「해로편」과 함께 한비가 얼마나 노자에게 정신적으로 경도(傾倒)하고 있었나를 엿보게 해준다. 여기에서는 그중 대표적인 대목 몇 개를 골라 번역하기로 한다.

1.

초(楚)나라 장왕(莊王)은 전쟁에 승리한 뒤 하옹(河雍) 땅에서 사냥을 하고는 돌아와서 손숙오(孫叔敖)에게 상을 주었다. 손숙오는 한수(漢水) 가의 모래자갈이 많은 땅을 자청(自請)하여 받았다. 초나라의 법에 의하면, 신하에게 녹으로 준 땅은 이대(二代) 후에 회수하기로 되어 있었다. 그러나 오직 손숙오가 받은 땅만은 끝내 남아 있었다. 이처럼 그 땅을 회수하지 않은 것은 메마르기 때문이었다. 그러므로 구대(九代)가 넘도록 제사가 끊이지 않았다. 그러므로 노자는,

「잘 세워 놓으면 뽑히지 않고 잘 안으면 빠져 달아나지 않는다. 그러므로서 자손들은 대대로 끊임없이 제사를 받들게 되는 것이다.」

고 말하였는데, 손숙오를 두고 한 말인 듯하다.

楚莊王旣勝, 狩于河雍, 歸而賞孫叔敖, 孫叔敖請
漢閒之地, 沙石之處. 楚邦之法, 祿臣再世而收地,
唯孫叔敖獨在. 此不以其邦爲收者. 瘠也. 故九世而
祀不絶. 故曰, 善建不拔, 善抱不脫. 子孫以而祭祀,
世世不輟. 孫叔敖之謂也.

- 勝(승) : 진(晉)나라와의 싸움에서 이긴 것이며, 손숙오(孫叔
  敖)는 그 싸움에서 큰 공을 세웠다.
- 漢(한) : 한수(漢水), 장강(長江)의 지류(支流)로서 초나라를 거
  쳐 흐르는 강 이름.
- 瘠(척) : 여윈 것, 메마른 것.
- 故曰(고왈) : 「노자」 제53장에 보이는 말임.
- 輟(철) : 그침, 중지.

*「여씨춘추(呂氏春秋)」 맹동기(孟冬紀)에도 손숙오에 관한
얘기가 실려 있다. 거기에 의하면, 손숙오는 초나라에 많은
공을 세우고도 임금이 내려 주는 땅을 받지 않고 있다가, 죽
을 때 아들에게 임금이 땅을 주려고 하거들랑 침구(寢邱)라는
험한 고장을 자청해서 받으라고 유언을 하였다. 그 결과 그의
아들은 임금에게로부터 침구땅을 떼어 받았고, 초나라에선 험
한 땅이라 하여 여러 대가 지나도록 그 땅을 회수하지 않아
손숙오의 자손들은 대대로 잘살 수가 있었다는 것이다. 어떻

든 미리 일 처리를 잘해 놓으면 대대로 자손들까지 그 은택을 입는다는 뜻의 노자의 말을, 손숙오에 관한 얘기로서 증명하고 있는 것이다.

2.

형체를 갖춘 종류의 것들은 큰 것은 반드시 작은 것에서 생겨났고, 오랫동안 존속(存續)하여 온 물건이 많은 것은 반드시 적은 것에서 생겨났다. 그러므로 노자는,

「천하의 어려운 일은 반드시 쉬운 일에서 생겨났고, 천하의 큰 일은 반드시 미세(微細)한 일에서 생겨났다.」

고 말한 것이다.

그러하니 사물(事物)을 제어(制御)하려는 사람은 반드시 미세한 것에서부터 착수하여야 한다. 그러므로 노자도,

「어려움을 처리하려면 그 쉬운 것에서부터 착수하고, 큰 일을 하려면 그 미세한 일부터 착수한다.」

고 말한 것이다.

천길의 둑도 개미 구멍으로 말미암아 무너지고, 백자(百尺) 사방의 큰 집도 굴뚝 틈의 불똥으로 말미암아 타버

린다. 그러므로 토목공사의 명인(名人)인 백규(白圭)는 둑을 다닐 적에는 거기에 난 구멍을 틀어막았고 집 어른들은 불조심하려고 굴뚝의 틈을 흙으로 바른다. 그리하여 백규가 있으면 수재(水災)가 없고 집어른이 있으면 화재(火災)가 없는 것이다. 이것은 모두 쉬운 일을 삼가함으로써 어려움을 피하고, 미세한 일에 공들임으로써 큰 사고를 멀리하는 것이다.

有形之類, 大必起於小, 行久之物, 族必起於少. 故曰, 天下之難事, 必作於易, 天下之大事, 必作於細, 是以欲制物者, 於其細也. 故曰, 圖難於其易也, 爲大於其細也. 千丈之隄, 以螻蟻之穴潰, 百尺之室, 以突隙之煙焚. 故曰, 白圭之行隄也, 塞其穴. 丈人之愼火也, 塗其隙. 是以白圭無水難, 丈人無火患. 此皆愼易以避難, 敬細以遠大者也.

- 族(족) : 많은 무리를 이룬 것.
- 故曰(고왈) : 모두 「노자」 63장에 보이는 말.
- 作(작) : 起(기)와 뜻이 통하여 「생겨남」, 「일어남」.
- 圖(도) : 도모함, 처리함.
- 隄(제) : 제방(堤防), 둑.

- 螻蟻(누의) : 개미.
- 潰(궤) : 무너짐.
- 突(돌) : 연통, 굴뚝.
- 隙(극) : 틈.
- 煙(연) : 熛(표)의 잘못으로「불똥」. 이 대목과 비슷한 말이 또 「회남자(淮南子)」인간훈(人間訓)에도 보인다.
- 故曰白圭(고왈백규) : 이곳의「曰」은 잘못 끼어든 글자(顧廣 圻說 韓非子集解). 白圭는 이름이 단(丹),「맹자(孟子)」에「백 규가 물을 다스림은 우(禹)임금보다 나았다.」는 말이 있고, 또「맹자」고자하편(告子下篇)엔 그가 맹자와 물 다스리는 일 로 논쟁을 한 기록이 보인다. 그러니 제방을 쌓는 토목공사 의 기술자였던 것 같다.
- 丈人(장인) : 丈은 長(장)과 뜻이 통하여「집안의 어른」.

＊여기에선 노자의 말을 인용하면서 큰 일이나 어려운 일 은 시초에 처리하면 모두가 간단하고 쉬웠을 일들임을 역설 한 대목이다. 이 보기로는, 다음에 보이는 명의(名醫) 편작(扁 鵲)의 얘기를 들고 있다.

3.

명의(名醫) 편작(扁鵲)이 채(蔡)나라 환후(桓候)를 뵈었다. 한참 서 있다가 편작이 말하였다.

「임금님께선 털 구멍에 병이 들어 있습니다. 서둘러 고치지 않으시면 앞으로 깊이 들어갈까 두렵습니다.」

「과인에겐 병이 없소.」

편작이 나가자 환후는 이렇게 말하였다.

「의사랍시고 병도 안 난 것을 고친 척하고 공을 세우려 하는군.」

열흘 후 편작이 다시 환후를 뵙고 말하였다.

「임금님의 병은 살갗에 와 있습니다. 고치지 않으시면 앞으로 더욱 깊어질 것입니다.」

환후는 대꾸도 하지 않았다. 편작이 나가자 환후는 또 기뻐하지 않았다. 다시 열흘 있다가 편작은 환후를 다시 뵙고 말하였다.

「임금님의 병은 위장과 창자에 스며들어와 있습니다. 고치지 않으시면 앞으로 더욱 깊어질 것입니다.」

환후는 또 대꾸도 하지 않았다. 편작이 나가자 환후는 또 기뻐하지 않았다. 다시 열흘 있다가 편작은 환후를 바라보고는 되돌아 도망쳤다. 환후는 그러자 사람을 시켜 그에게 그 이유를 물었다. 이에 편작이 말하였다.

「병이 털구멍에 있을 적에는 찜질로서도 고쳐집니다.

살갗에 있을 적에는 침으로 고쳐집니다. 위와 내장에 있을 적에는 달인 약(藥)으로 고쳐집니다. 골수(骨髓)에 있게 되면 운명의 신(神)이 소관할 일이어서 인간으로서는 어찌하는 수가 없습니다. 지금은 골수에 병이 와 있습니다. 그래서 저는 뵙지 않으려 한 것입니다.」

닷새가 지나자 몸이 아파왔다. 사람을 시켜 편작을 찾았으나, 이미 그는 진(秦)나라로 도망가 버린 뒤였다. 그리하여 환후는 마침내 죽고 말았다.

명의가 병을 치료할 적에는 병이 털구멍에 있을 때에 손을 쓴다. 이것은 모두 일이 작을 때에 처리해 버리는 것이다. 모든 일의 화난(禍難)이나 행복도 역시 이러한 털구멍과 같은 처지가 있는 것이다. 그러므로 노자는,

「성인은 일찍이 일을 처리한다.」

고 한 것이다.

扁鵲見蔡桓公, 立有閒, 扁鵲曰, 君有疾在腠理,
不治將恐深桓侯曰, 寡人無疾. 扁鵲出, 桓侯曰, 醫
之好治不病, 以爲功. 居十日, 扁鵲復見曰, 君之病
在肌膚, 不治將益深. 桓侯不應扁鵲出, 桓侯又不悅.
居十日, 扁鵲復見曰, 君之病在腸胃, 不治將益深.

桓侯又不應. 扁鵲出, 桓侯又不悅. 居十日, 扁鵲望
桓侯而還走, 桓侯故使人問之. 扁鵲曰, 疾在腠理,
湯熨之所及也, 在肌膚, 鍼石之所及也. 在腸胃, 火
齊之所及也, 在骨髓, 司命之所屬, 無奈何也. 今在
骨髓, 臣是以無請也. 居五日, 桓侯體痛, 使人索扁
鵲, 已逃秦矣. 桓侯遂死. 故良醫之治病也, 攻之於
腠理, 此皆爭之於小者也. 夫事之禍福, 亦有腠理之
地, 故曰, 聖人蚤從事焉.

- 蔡桓公(채환공) : 채나라 환공. 사마천(司馬遷)의 「사기(史記)」
  열전(列傳)과 유향(劉向)의 「신서(新序)」엔 「제(齊)나라 환공」
  에 관한 일로 기록되어 있다.
- 扁鵲(편작) : 전국시대 정(鄭)나라 사람. 성은 진(秦), 이름은
  월인(越人), 노(盧) 땅에 살았다 해서 노의(盧醫)라고도 불린
  명의이다. 뒤에 진(秦)나라로 갔다가 모해(謀害)를 받아 죽고
  말았다.
- 腠理(주리) : 피부 겉의 털구멍, 땀구멍 같은 곳.
- 肌膚(기부) : 살갗.
- 腸胃(장위) : 내장과 위장.
- 湯熨(탕울) : 뜨거운 물로 찜질을 하는 것.
- 鍼石(침석) : 침. 옛날엔 돌을 갈아 침을 만들었었다.
- 火齊(화제) : 불에 달이는 약제(藥劑).
- 司命(사명) : 사람의 목숨을 맡아 관장하는 신, 운명의 신.

- 故曰(고왈) : 이상은 「노자」 제63장에 보이는 말을 해설한 듯한데, 지금의 판본에는 이와 꼭 같은 구절은 보이지 않는다.
- 蚤(조) : 무(조)와 통한다. 일찍이.

＊이것은 앞 대목을 편작의 예로서 증명한 것이다. 「노자」의 제63장은 내용이 다음과 같다.

「무위(無爲)로써 행동하고, 무사(無事)로써 일하고, 무미(無味)로써 취미를 삼는다. 큰 것은 작은 것에서 생겨나고 많은 것은 적은 것에서 생겨난다. 원한은 덕으로서 갚고 어려운 일은 쉬울 적에 처리하며 큰 일은 조그마할 적에 처리한다. 천하의 어려운 일은 반드시 쉬운 것에서 생겨나고, 천하의 큰 일은 반드시 잔 일에서 생겨난다. 그래서 성인(聖人)은 끝내 큰 일을 하는 일이 없으므로 그 때문에 그 큰일을 이룰 수가 있는 것이다. 가벼이 허락하면 신용이 반드시 적어지고, 쉬운 일이 많으면 반드시 어려운 일도 많아진다. 그래서 성인은 오히려 쉬운 일을 어렵게 여기는데 그 때문에 끝내 어려움이 없는 것이다.」

4.

옛날 진(晉)나라 공자(公子) 중이(重耳)가 망명을 하다가 정(鄭)나라를 지나게 되었다. 정나라 임금은 그를 예우(禮遇)하지 않았다. 이에 숙첨(叔瞻)이 간하여 말하였다.

「중이는 현명한 공자입니다. 임금께선 그를 후히 대접하여 은덕(恩德)을 쌓으심이 좋을 것입니다.」

정나라 임금이 듣지 않자 숙첨은 또다시 간하였다.

「후히 대접하지 않으시려거든 차라리 그를 죽여 버리십시오. 후환을 남기지 않으셔야 합니다.」

정나라 임금은 또 듣지 않았다.

중이는 뒤에 진나라로 돌아가서는 군사를 일으키어 정나라를 쳐 크게 정나라 군사들을 쳐부수고 여덟 성(城)을 빼앗았다.

진(晉)나라 헌공(獻公)은 수극(垂棘)에서 난 구슬을 가지고 우(虞)나라로부터 길(道)을 빌어 괵(虢)나라를 치려 하였다. 우나라 대부(大夫) 궁지기(宮之奇)가 임금을 간하여 말하였다.

「안될 일입니다. 입술이 없으면 이가 춥다는 속담이 있습니다. 지금 우나라와 괵나라가 서로를 돕고 있는 것은 서로 은덕을 입었기 때문이 아닙니다. 오늘 진나라가 괵나라를 멸망시킨다면 내일은 우나라가 이를 따라 반드시 망할 것입니다.」

우나라 임금은 말을 듣지 않고 구슬을 받은 다음 진나라에게 길을 빌려 주었다. 진나라는 괵나라를 차지한 뒤에 되돌아오면서 우나라를 쳐부수고 말았다.

이들 두 신하는 모두 털구멍에서 병을 고치려던 사람들이었는데, 두 임금은 그들의 말을 따르지 않았던 것이다. 그러니 숙첨과 궁지기는 또한 우나라와 정나라의 편작이라고 말할 수 있을 것이다. 그런데도 두 임금은 말을 듣지 않았으니, 정나라는 쳐부숴졌고 우나라는 멸망하고 말았던 것이다. 그러므로 노자는,

「일이 편안할 적에는 지탱하기가 쉽고, 일의 조짐이 드러나지 않았을 적에는 처리하기 쉽다.」

고 말한 것이다.

昔晋公子重耳, 出亡過鄭, 鄭君不禮. 叔瞻諫曰, 此賢公子也, 君厚待之, 可以積德. 鄭君不聽, 叔瞻又諫曰, 不厚待之, 不若殺之. 無令有後患, 鄭公又不聽. 及公子返晋邦, 擧兵伐鄭, 大破之, 取八城焉. 晋獻公以垂棘之璧, 假道於虞而伐虢. 大夫宮之奇諫曰, 不可. 脣亡而齒寒, 虞虢相救, 非相德也. 今日晋滅虢, 明日虞必隨之亡. 虞君不聽, 受其璧而假之道.

晋已取虢, 還反滅虞. 此二臣者, 皆爭於腠理者也, 而二君不用也. 然則叔瞻宮之奇, 亦虞鄭之扁鵲也, 而二君不聽, 故鄭以破, 虞以亡. 故曰, 其安, 易持也, 其未兆, 易謀也.

- 重耳(중이) : 진(晉)나라 헌공(獻公)의 아들, 뒤에 왕위를 이어 문공(文公)이 되었다.
- 鄭君(정군) :「좌전」에 의하면, 정나라 문공(文公).
- 叔瞻(숙첨) : 정나라 대부. 도숙(堵叔), 사숙(師叔)과 함께 정치를 도맡아 명성을 떨쳤다.
- 垂棘(수극) : 진(晉)나라의 땅 이름.
- 虞(우) : 虢(괵)과 진(晉)나라와 함께 지금의 강서성(江西省) 지방에 걸쳐 있던 나라 이름.
- 故曰(고왈) :「노자」제64장에 보이는 구절.

*모든 일은 어려워지거나 커지기 전에 처리해야 한다는 앞 대목의 얘기를 더 부연한 것이다. 숙첨과 궁지기의 얘기는 「좌전」에도 보인다.

5.

옛날에 은(殷)나라 주왕(紂王)이 상아(象牙)로 젓가락을 만들자, 기자(箕子)는 겁을 냈다. 기자의 생각으로는, 상아 젓가락은 흙을 구워 만든 그릇에는 맞지 않으니, 반드시 외뿔소의 뿔로 만든 잔이나 구슬 잔을 쓰게 될 것이다. 상아 젓가락과 구슬 잔엔 콩국이나 콩잎 국을 담지 않고 반드시 모우(旄牛)나 코끼리 고기나 표범의 태(胎)로 만든 음식을 담을 것이다. 모우와 코끼리 고기나 표범의 태를 먹으면 반드시 짧고 검소한 옷을 입지 않을 것이며, 그것을 초가 지붕 밑에서 먹지는 않을 것이다. 그러니 비단 옷에 아홉 겹이나 되는 넓은 집과 높은 누대(樓臺)에서 먹게 될 것이므로, 그 종말을 두려워했기 때문에 그 시작을 겁내었던 것이다.

5년이 지나자, 주왕은 여자들 몸을 즐기고 숯불에 사람을 굽는 형벌을 행하고 지게미 언덕에 올라가 술로 된 못을 바라보게 되었다. 주왕은 마침내 그 때문에 망하였다. 그러므로 기자는 상아 젓가락을 보고서 천하의 재난(災難)을 알았던 것이다. 그러므로 노자는,

「작은 것을 보는 것을 밝게 본다고 한다.」

고 말한 것이다.

昔者, 紂爲象箸, 而箕子怖. 以爲象箸, 必不加於

土鉶, 必將犀玉之杯. 象箸玉杯, 必不羹菽藿, 則必
旄象豹胎. 旄象豹胎, 必不衣短褐, 而食於茅屋之下.
則必錦衣九重, 廣室高臺. 吾畏其卒, 怖忿其始. 居
五年, 紂爲肉圃, 設炮烙, 登糟邱臨酒池, 紂遂以亡.
故箕子見象箸以知天下之禍. 故曰, 見小曰明.

- 象箸(상저) : 상아로 만든 젓가락.
- 箕子(기자) : 주왕(紂王)의 삼촌 뻘이 되는 어진 사람.
- 土鉶(토형) : 흙을 구워 만든 그릇, 鉶은 본시 채소나 국을 담
  는 발이 달린 항아리처럼 생긴 그릇 이름.
- 犀(서) : 외뿔 소.
- 菽藿(숙곽) : 콩과 콩잎.
- 旄(모) : 모우(旄牛). 남쪽에서 나는 들소의 일종.
- 豹胎(표태) : 표범의 태로 만든 진귀한 음식.
- 短褐(단갈) : 길이가 짧고 검소한 옷.
- 茅屋(모옥) : 초가(草家).
- 肉圃(육포) : 육림(肉林)이라고도 하며 많은 여자들의 몸을 즐
  기는 일에 몰두함을 뜻함.
- 炮烙(포락) : 구리로 만든 기둥에 기름을 바른 다음, 그 밑에
  숯불을 피워 놓고 죄인들로 하여금 그 기둥을 오르다가 불
  에 떨어져 죽는 것을 보고 즐기던 형벌.
- 糟邱(조구) : 술을 거르고 난 지게미로 된 언덕.
- 故曰(고왈) : 「노자」 제52장에 보이는 구절.

*「노자」의 「작은 것을 보는 것을 밝게 본다고 한다.」란 구
절을 해설한 것으로서, 역시 모든 일의 근원은 작은 데서 시
작된다는 앞 대목들의 내용과 연결이 된다.

　6.

　월(越)나라 구천(句踐)이 오(吳)나라로 잡혀 가 심부름
을 하면서 몸소 방패와 창을 들고 오나라 임금을 위하여
말을 씻어 주었다. 그러므로 오나라 임금 부차(夫差)를 고
소대(姑蘇臺)에서 죽일 수가 있었던 것이다.

　주(周)나라 문왕(文王)은 주왕(紂王)의 궁전 문에서 욕
을 먹었으나 얼굴빛도 변하지 않았다. 그리하여 무왕(武
王)이 목야(牧野)에서 주왕을 사로잡게 되었던 것이다. 그
러므로 노자는,

　「유(柔)함을 지킴을 강하다고 한다.」

고 말하였다. 월나라 임금 구천이 패자(覇者)가 된 것은
심부름하는 천한 일을 탓하지 않았기 때문이며, 주나라
무왕이 왕자(王者)가 된 것은 욕먹는 것을 탓하지 않았기
때문이다. 그러므로 노자는,

　「성인이 탈로 삼지 않는 것은 그것이 탈이 되지 않기

때문이며, 그렇기 때문에 탈이 없다.」

고 말한 것이다.

　句踐入宦於吳, 身執干戈, 爲吳王洗馬. 故能殺夫
差於姑蘇. 文王見詈於王門, 顏色不變, 而武王擒紂
於牧野. 故曰, 守柔曰强. 越王之霸也, 不病宦, 武王
之王也, 不病詈. 故曰, 聖人之不病也, 以其不病, 是
以無病也.

* 句踐(구천) : 월(越)나라 임금. 처음엔 월나라가 오(吳)나라를
  쳐부수어, 오왕 부차(夫差)는 장작더미 위에 누워 자면서 원
  수 갚을 것을 마음에 새긴 끝에 월나라를 마침내 쳐부쉈다.
  그러나 월왕 구천은 오나라에서 갖은 고초를 겪은 뒤 월나
  라로 돌아와 쓸개를 매일 빨면서 원수 갚을 일을 되새긴 끝
  에 마침내 오왕 부차를 쳐부수었다. 여기에서 「와신상담(臥
  薪嘗膽)」이란 말이 생겨났다.
* 宦(환) : 사람의 시중을 들어 주는 천한 일.
* 姑蘇(고소) : 누대(樓臺) 이름. 지금의 소주(蘇州)에 있으며, 구
  천은 이곳에서 부차를 죽였다.
* 詈(리) : 욕을 먹는 것.
* 王門(왕문) : 은(殷)나라 주왕(紂王)의 궁전문. 문왕은 주왕에
  게 잡혀서 유리(羑里 : 은대의 감옥 이름)에 갇힌 일이 있었는데
  그때 욕을 먹은 것이다.

• 故曰(고왈) : 앞의 것은 「노자」 제76장 등에 보이는 말을 약간 고친 것인 듯하다. 뒤의 것은 「노자」 제71장에 보이는 구절.

* 조그만 탈을 참고 견디어 내야만 큰 일을 할 수 있다는 뜻의 「노자」의 말을 해설한 것. 도가에선 특히 강함보다 유(柔)함을 더 내세웠는데, 유함이란 어려움을 견디어내는 유연함의 뜻도 포함하고 있다.

22. 설림상편說林上篇

「설림」이란, 여러 가지 논설을 모아 놓은 것이 숲처럼 많음을 뜻한다(王先愼韓非子集解). 따라서 내용을 보면 여러 가지 잡다한 얘기들이 섞여있다. 이 편이 상·하 두 편으로 나뉘어 있는 것은 그 분량 때문일 것이다. 여기에는 그중 중요한 대목만을 몇 가지씩 뽑아 번역하기로 한다.

1.

탕(湯)임금은 하(夏)나라 걸왕(桀王)을 치고 나서는 온
세상 사람들이 자기를 탐욕이 많다고 말할까 두려워하였
다. 그리하여 천하를 무광(務光)에게 양도(讓渡)해 주고
싶었으나, 또한 무광이 천하를 그대로 받지 않을까 두려
워한 나머지 사람을 시켜 무광을 설복시켰다.

「탕(湯)은 임금을 죽이고서 악한 명성을 당신에게 전
해주고자 하여 천하를 당신에게 양도(讓渡)하려 하고 있
습니다.」

무광은 그 말을 듣자 황하(黃河)에 투신 자살하였다.

湯以伐桀, 而恐天下言己爲貪也, 因乃讓天下於務
光, 而恐務光之受之也, 乃使人說務光曰, 湯殺君而
欲傳惡聲于子, 故讓天下於子. 務光因自投於河.

• 務光(무광) : 하(夏)나라의 어진 사람. 「순자」에는, 「모광(牟光)」, 「장자(莊子)」에는 「무광(瞀光)」으로 씌어 있다. 탕임금은 걸왕(桀王)을 치기 전에 무광에게 도움을 청하였으나 거절당하였다. 무광이 자살한 뒤 400여 년 뒤인 무정(武丁)임금 때 그가 다시 세상에 나타나 무정은 그를 재상으로 삼고자 하였으나, 다시 숨어 버렸다 한다.

*무도한 걸(桀)왕을 치고도 탕임금은 마음속으로 신하로서 임금을 친 것은 잘못이 아닌가 매우 주저하고 있었다. 「서경」의 중훼지고(仲虺之誥)를 보더라도 그러한 탕임금의 태도가 역력하다. 무도한 짓을 하는 임금은 임금이 아니라, 한 필부(匹夫)에 지나지 않는다는 맹자(孟子) 같은 분의 견해가 있기는 하지만, 중국에선 그 윤리성(倫理性)이 오랜 세월을 두고 문제시되었었다.

2.

자어(子圉)가 공자를 송(宋)나라 재상을 만나도록 알선하였다. 공자가 나온 뒤 자어가 들어가서 「공자를 만나니 어떻습니까?」 하고 물었다. 재상이 대답하였다.

「내가 공자를 뵌 뒤에 당신을 보니 당신은 마치 벼룩

이나 이처럼 잘게 보이오. 내 이제 임금님을 뵙도록 주선
하겠소.」

자어는 공자가 임금에게 존중받게 될까 두려워하여
재상에게 말하였다.

「임금님께서 공자를 뵙고 나시면 역시 임금님이 재상
을 볼 적에 벼룩이나 이처럼 보일 것입니다.」

재상은 그 말을 듣고는 다시 임금을 뵙도록 알선하지
않았다.

子圉見孔子於商太宰. 孔子出, 子圉入, 請問客.
太宰曰, 吾已見孔子, 則視子猶蚤虱之細者也. 吾今
見之於君. 子圉恐孔子貴於君也, 因謂太宰曰, 君已
見孔子, 亦將視子猶蚤虱也. 太宰因弗復見也.

- 子圉(자어) : 송(宋)나라 대부.
- 商(상) : 송(宋)나라. 송나라는 상나라의 후손이므로, 흔히 송
  나라를 상나라라고도 불렀다.
- 太宰(태재) : 육경(六卿) 중의 하나로서, 여러 관리들을 통솔
  하고 세상을 고르게 하는 재상 비슷한 관리.
- 蚤(조) : 벼룩.
- 虱(슬) : 이. 사람의 몸에 붙어 사는 이. 蝨(이슬)과 同字.

  *위대한 사람임을 알고도 개인의 이해관계 때문에 그 사람을 임금에게 추천하지 못하는 세상의 인정을 나타낸 글이다.

  3.

  진(晉)나라 사람들이 형(邢)나라를 정벌하니 제(齊)나라 환공(桓公)은 그들을 구해주려 하였다. 이때 포숙(鮑叔)이 말했다.

  「너무 이릅니다. 형나라가 망하지 않으면 진나라는 피폐하지 않습니다. 진나라가 피폐하지 않으면 제나라의 권위가 무거워지지 않습니다. 또한 위태로운 것을 도와준 공로는 망한 것을 살려준 은덕만은 못합니다. 대왕께서는 좀 더 기다리셨다가 그들을 구해주심으로써 진나라를 피폐케 하고 제나라의 실리(實利)를 얻는게 좋을 것입니다. 형나라가 망한 뒤에 다시 그들을 살려준다면 그 명성은 실로 아름다울 것입니다.」

  환공은 이 말을 듣고 그들을 구해주지 않았다.

  晉人伐邢, 齊桓公將救之. 鮑叔曰, 太蚤. 邢不亡,

晋不敝. 晋不敝, 齊不重. 且夫持危之功, 不如存亡
之德大. 君不如晩救之, 以敝晋, 齊實利, 待邢亡而
復存之, 其名實美. 桓公乃弗救.

• 鮑叔(포숙) : 鮑叔牙(포숙아), 춘추시대 제(齊)나라 대부. 어려
  서부터 관중(管仲)과 친하여 그 교분이 늙도록 두터워 「관포
  지교(管鮑之交)」란 말까지 생겼다. 포숙이 관중을 제나라 환
  공에게 천거하여 패업(霸業)을 이루는 공을 세우게 하였다.
• 蚤(조) : 早(조)와 통하여 「빠르다」, 「이르다」는 뜻.
• 持危(지위) : 위태로움을 구제하여 주는 것.

  * 어지러운 전국시대를 살아가는 제후들을 비롯한 정치가
들의 권모술수를 엿볼 수 있는 얘기이다. 이러한 권모술수로
서 제(齊)나라 환공(桓公)은 오패(五霸)의 한 사람이 될 수
있었던 것이다.

  4.
  치이자피(鴟夷子皮)는 전성자(田成子)를 섬기고 있었다.
전성자가 제(齊)나라를 도망하여 연(燕)나라로 망명할 때
치이자피는 부신(符信)을 지고서 따라갔다. 국경 망읍(望

邑)에 이르자 치이자피가 말하였다.

「당신은 물이 마른 못의 뱀 얘기를 들은 일이 없습니까? 못의 물이 마르자 뱀들은 이사를 가게 되었습니다. 이때 한 조그만 뱀이 큰 뱀에게 말했습니다.

『당신이 앞서 가고 내가 따라가면 사람들은 뱀이 가고 있다고 생각하고 반드시 당신을 죽이게 될 것입니다. 당신은 나를 물어 업고 가는 것이 좋을 것입니다. 사람들은 반드시 나를 신령(神靈)이라 여길 것입니다.』

그래서 큰 뱀은 작은 뱀을 업고서 한길을 지나갔습니다. 그러자 사람들은 모두 이들을 피하면서 「신령님」이라 말하더랍니다.

현재 당신은 풍채가 아름답고 저는 못났습니다. 당신이 저의 주인 노릇을 하신다면 천승(千乘)의 제후로 보일 것입니다만, 당신이 저의 부림을 받는 사람 노릇을 하신다면, 만승(萬乘) 천자의 경상(卿相)으로 보일 것입니다. 당신께서 저의 하인 노릇을 하는게 좋겠습니다.」

그리하여 전성자가 부신(符信)을 지고서 그를 따라가게 되었다. 여관에 도착하자, 여관의 주인은 술과 고기로 매우 공경히 이들을 대접하였다.

鴟夷子皮事田成子, 田成子去齊, 走而之燕, 鴟夷子皮負傳而從. 至望邑, 子皮曰. 子獨不聞涸澤之蛇乎? 澤涸, 蛇將徙, 有小蛇謂大蛇曰, 子行而我隨之, 人以爲蛇之行者耳, 必有殺子者, 子不如相銜負我以行, 人必以我爲神君也. 乃相銜負以越公道而行, 人皆避之, 曰, 神君也. 今子美而我惡, 以子爲我上客, 千乘之君也, 以子爲我使者, 萬乘之卿也. 子不如爲我舍人. 田成子因負傳而隨之, 至逆旅, 逆旅之君待之甚敬, 因獻酒肉.

- 鴟夷子皮(치이자피) : 「사기(史記)」월세가(越世家)에 의하면, 범려(范蠡)가 바다를 통하여 제(齊)나라로 망명한 뒤 치이자피라 변성명(變姓名)하였다 한다. 범려는 춘추시대 초(楚)나라 사람. 월(越)나라 임금 구천(句踐)을 20여 년간이나 섬기며 오(吳)나라를 치는 일을 도와 상장군(上將軍)이라 존경을 받았었다. 그러나 뒤에 구천의 마음이 해이해지자 그는 제나라로 도망쳐 살다가 뒤에는 거부(巨富)가 되어 도주공(陶朱公)이라 불리었다 한다.
- 田成子(전성자) : 제(齊)나라 전상(田常).
- 望邑(망읍) : 제나라에서 연나라로 가는 국경 근처에 있는 도시.
- 涸(학) : 물이 마르는 것.

- 銜(함) : 입으로 무는 것.
- 舍人(사인) : 집에서 부리는 사람.
- 逆旅(역려) : 여관, 객사(客舍).

* 여기에서도 어지러운 세상을 살아나가는 술수(術數)가 얘기되고 있다.

5.

어떤 사람이 불사약(不死藥)을 초(楚)나라 임금에게 바쳤다. 내시(內侍)가 그것을 들고 들어갈 때 궁전 지키는 사람이 물었다.

「먹을 수 있는 거요?」

「먹을 수 있는 거지.」

그러자 그는 그것을 빼앗아 먹었다. 임금은 크게 노하여 사람을 시켜 궁전지기를 죽이도록 명하였으나, 궁전지기는 사람을 시켜 임금을 설복하였다.

「신이 내시에게 물어보니 먹어도 괜찮다고 대답하기에 신이 그것을 먹은 것입니다. 그러니 신에겐 죄가 없고 죄는 내시에게 있습니다. 또한 손님이 먹으면 죽지 않는

다는 불사약을 바쳤는데, 신이 그것을 먹었습니다. 그런
데 임금께서 신을 죽이시면 그것은 죽는 약이 됩니다. 그
러면 그 손님이 임금을 속인 게 됩니다. 죄 없는 신하를
죽임으로써 다른 사람이 임금을 속인게 밝혀질 것이니
신을 그대로 놓아주심이 좋을 것입니다.」

왕은 이 말에 그를 죽이지 않았다.

有獻不死之藥於荊王者. 謁者操之以入, 中射之士
問曰, 可食乎? 曰,可. 因奪而食之. 王大怒, 使人殺
中射之士. 中射之士使人說王曰, 臣問謁者, 曰可食,
臣故食之. 是臣無罪, 而罪在謁者也. 且客獻不死之
藥, 臣食之, 而王殺臣, 是死藥也. 是客欺王也. 夫殺
無罪之臣, 而明人之欺王也, 不如釋臣. 王乃不殺.

- 不死之藥(불사지약) : 불사약. 사람이 먹으면 죽지 않는다는
  약.
- 荊(형) : 초(楚)나라의 별명.
- 謁者(알자) : 임금 뵙는 일을 주관하는 내시(內侍).
- 中射之士(중야지사) : 궁전을 지키는 임무를 띤 사람.

* 여기서도 살얼음판 같은 어려운 세상을 살아가는 방법

같은 것을 얘기하고 있다.

6.

악양(樂羊)이 위(魏)나라의 장수가 되어 중산(中山)나라를 공격하였다. 마침 그의 아들이 중산나라에 있었으므로 중산나라의 임금은 그의 아들을 불에 삶아 죽을 만들어 보냈다. 악양은 군막(軍幕) 아래 앉아서 그 한그릇을 다 마셔 버렸다. 위나라 문후(文侯)는 군사들을 돌아보며 칭찬하여 말하였다.

「악양은 나 때문에 자기 자식의 고기를 먹었다.」

군사들이 대답하였다.

「그의 자식도 먹었다면 또한 누구인들 먹지 않겠는가?」

악양이 중산나라에서 돌아오자, 문후는 그의 공에 대하여 상을 내려 주면서도 그의 마음을 의심하였다.

맹손(孟孫)이 사냥을 나갔다가 사슴 새끼를 잡았다. 진서파(秦西巴)를 시켜 그것을 갖고 돌아가도록 하였는데 사슴 어미가 그를 따라오면서 울었다. 진서파는 그것을 참지 못하고 새끼를 내어 주었다. 그러자 마침 맹손이 와서 사슴 새끼를 찾았다. 진서파가 말했다.

「저는 차마 볼 수가 없어서 그 어미에게 내주고 말았습니다.」

맹손은 크게 노하여 그를 쫓아버렸다. 석 달 뒤에 맹손은 그를 다시 불러 자기 아들의 스승으로 삼았다. 그러자 맹손의 수레몰이가 말하였다.

「전에는 그에게 죄를 씌우시더니 이번엔 불러다가 아드님 스승으로 삼는 것은 어찌된 일입니까?」

맹손이 말하였다.

「사슴 새끼도 차마 거져 보지 못했다면 또한 내 아들이야 차마 거져 보겠느냐?」

그러므로 교묘한 속임수는 졸렬한 진실만 못하다고 하는 것이다. 악양은 공을 세우고도 의심을 받고, 진서파는 죄를 짓고도 더욱 신임을 받게 되었던 것이다.

樂羊爲魏將而攻中山, 其子在中山, 中山之君烹其子而遺之羹. 樂羊坐於幕下而啜之, 盡一杯. 文侯謂堵師. 贊曰, 樂羊以我故, 而食其子之肉, 答曰, 其子而食之, 且誰不食? 樂羊罷中山, 文侯賞其功, 而疑其心. 孟孫獵得麑, 使秦西巴持之歸, 其母隨之而啼,

秦西巴弗忍, 而與之. 孟孫歸至, 而求麑, 答曰, 余弗
忍而與其母. 孟孫大怒, 逐之. 居三月, 復召以爲其
子傅. 其御曰, 曩將罪之, 今召以爲子傅, 何也? 孟
孫曰, 夫不忍麑, 又且忍吾子乎? 故曰, 巧詐不如拙
誠. 樂羊以有功見疑, 秦西巴以有罪益信.

- 樂羊(악양) : 전국시대 위(魏)나라 문후(文候)의 장수. 위나라
  문후는 중산나라를 친 공으로 그를 영수(靈壽) 땅에 봉했었
  다.
- 中山(중산) : 옛 나라 이름. 지금의 하북성(河北省) 중서부(中
  西部)에 있었던 오랑캐 계통의 나라이다.
- 烹(팽) : 불에 삶는 것.
- 羹(갱) : 고깃국.
- 啜(철) : 마시는 것.
- 堵(도) : 「전국책(戰國策)」엔 이 이야기를 기록하여 「覩(도)」
  로 쓰고 있음, 「보는 것」.
- 罷(파) : 전쟁을 끝내고 돌아가는 것.
- 孟孫(맹손) : 춘추시대 노(魯)나라의 세도가(勢道家) 중의 한
  사람.
- 麑(예) : 사슴 새끼.
- 忍(인) : 차마 그대로 보고 있지 못하고 동정하는 것.
- 子傅(자부) : 아들의 스승.

*아무리 어려운 세상이라 하더라도 어느 면에선 진실한 마음으로 사람들을 대하는 편이 유리한 실예를 든 것이다.

7.

양자(楊子)가 송(宋)나라를 지나 동쪽으로 가다 여관에 묵게 되었다. 거기엔 두 사람의 첩(妾)이 있었는데, 그중 못난 여자는 존중받고 아름다운 여자는 천대받고 있었다. 양자가 그 까닭을 물으니, 여관 주인이 대답하였다.

「아름다운 여자는 스스로 아름답다고 생각하고 있으니, 저는 그의 아름다움을 알지 못합니다. 못난 여자는 스스로 못났다고 여기고 있으니, 저는 그의 못난 것을 알지 못합니다.」

양자는 제자들에게 말하였다.

「현명한 행동을 하면서 스스로 현명하다는 마음을 버리면 어디를 가나 아름답지 않다고 여겨지지는 않을 것이다.」

楊子過於宋東之逆旅, 有妾二人, 其惡者貴, 美者賤. 楊子問其故, 逆旅之父答曰, 美者自美, 吾不知

其美也, 惡者自惡, 吾不知其惡也. 楊子謂弟子曰,
行賢而去自賢之心, 焉往而不美.

• 楊子(양자) : 楊朱(양주). 전국시대 도가(道家)에 속하는 사상
  가. 노자(老子)에게 배웠지만 자세한 생애는 알려지지 않고
  있으며, 「맹자」를 보면 자기 중심적인 인물로 비평을 받고
  있다. 「열자(列子)」에는 「양주편(楊朱篇)」이 있다.

*스스로 잘난 체하는 자는 못난 자라는 것을 말해 준다.

8.
위(衛)나라의 어떤 사람이 그의 딸을 시집 보내면서 말
했다.

「시집가거든 반드시 개인적으로 재물을 모아라. 남의
부인이 되고 보면 쫓겨나는 게 보통이고 잘 사는 것은 요
행이란다.」

그의 딸은 그 말을 따라 개인적으로 재물을 모았다. 그
시어머니는 개인적으로 며느리가 재물을 많이 저축한다
고 내여 쫓았다. 그 딸이 되돌아 올 적에는 시집갈 때 갖
고간 것보다 두 배나 재물을 갖고 왔다. 그의 아비는 자

식을 잘못 가르친 것을 자책(自責)하지 않고 그가 더욱 부자가 되었음은 지혜가 있기 때문이라고 스스로 여겼다. 지금 벼슬자리에 있는 신하들도 모두 이와 같은 무리들이다.

衛人嫁其子而教之曰, 必私積聚. 爲人婦而出, 常也, 其成居, 幸也. 其子因私積聚, 其姑以爲多私而出之. 其子所以反者, 倍其所以嫁. 其父不自罪於教子非也, 而自知其益富. 令人臣之處官者, 皆是類也.

- 私積聚(사적취) : 사사로이 남몰래 재물을 모으는 것.
- 幸(행) : 倖(행)과 통하여 「요행」의 뜻.
- 姑(고) : 시어머니.
- 自知(자지) : 스스로 지혜롭다고 여기는 것.
- 令(령) : 今(금)의 잘못인듯, 「지금」.

* 개인의 이익만을 추구하는 관리들의 풍토(風土)를 풍자한 글이다.

한비자

제8권

23. 설림하편說林下篇

앞 「상편(上篇)」처럼 여러 가지 교훈이 되는 이야기들을 모은 것임. 여기에 그 중요한 몇 대목만을 번역하기로 하겠다.

1.

뱀장어는 뱀과 비슷하고 누에는 배추벌레와 비슷하
다. 사람들은 뱀을 보면 놀라고, 배추벌레를 보면 소름이
끼친다. 그러나 고기잡이는 뱀장어를 만지고 부인들은
누에를 만진다. 이익이 있는 일에는 모두가 맹분(孟賁)과
전저(專諸)처럼 용감해진다.

鱔似蛇, 蠶似蠋. 人見蛇則驚駭, 見蠋則毛起. 漁
者持鱔, 婦人拾蠶. 利之所在, 皆爲賁諸.

• 鱔(전) : 뱀장어.
• 蠋(촉) : 배추벌레.
• 驚駭(경해) : 깜짝 놀라는 것.
• 毛起(모기) : 소름이 끼쳐 털이 일어서는 것.
• 賁諸(분저) : 맹분(孟賁)과 전저(專諸). 맹분은 위(衛)나라 사람

으로 제(齊)나라에서 일한 역사(力士), 산 소의 뿔을 뽑았다
한다. 전저는 오(吳)나라 임금 료(僚)를 칼로 찔러 죽인 용감
한 사람.

＊이익을 위하여는 물불을 가리지 않는 세상 인심을 풍자
한 글이다.

2.
백락(伯樂)은 그가 싫어하는 사람에게는 천리마(千里
馬)를 감정하는 법을 가르치고, 그가 사랑하는 사람에게
는 아둔한 말을 감정하는 방법을 가르쳤다. 천리마란 세
상에 한 마리가 있을까 말까 한 것이어서 그것을 감정하
는 이익은 박하다. 아둔한 말은 항시 팔리고 있어서 그것
을 감정하는 이익은 후하다.
이것은 「주서(周書)」에서 이른바
「하급의 말을 상급으로 사용하는 것도 한 방법이다.」
고 말한 것과 같은 뜻이다.

伯樂敎其所憎者, 相千里之馬, 敎其所愛者, 相駑

馬. 以千里之馬時一有, 其利緩, 駑馬日售, 其利急.
此周書所謂, 下言而上用者惑也.

- 伯樂(백락) : 춘추시대 진(秦)나라 목공(穆公)의 신하로서 말을 잘 감정하기로 유명했던 손양(孫陽). 백락은 본시 천마(天馬)를 관리한다는 별 이름이었는데 그의 별명이 된 것이다.
- 駑馬(노마) : 아둔한 보통 말.
- 售(수) : 파는 것.
- 周書(주서) : 「서경(書經)」 가운데 주나라에 관한 기록. 이 구절은 지금의 「서경」에는 남아 있지 않다.
- 惑(혹) : 옛날에는 或(혹)과 통용되어 「한 방법」의 뜻(孫詒讓說 韓非子集解).

* 세상의 일은 현실과 부합되어야 한다. 아무리 고급의 일이라도 현실과 맞지 않으면 소용이 없고, 하급의 일이라도 현실과 맞기만 하면 이익이 많다는 글이다.

3.
양주(楊朱)의 아우 양포(楊布)가 흰옷을 입고 집을 나갔는데, 마침 비가 와서 흰옷은 벗고 검은 옷을 입고 되돌아왔다. 그러자 그집 개가 알아보지를 못하고 짖어댔다.

양포는 노하여 개를 때리려 하였다. 양주가 그걸 보고 말했다.

「애, 때리지 마라. 너도 역시 그럴 거다. 조금 전에 하얗던 너의 개가 나갔다가 검어져 가지고 돌아온다면 너는 이상하게 생각하지 않겠는가?」

楊朱之弟楊布, 衣素衣而出, 天雨解素衣, 衣緇衣而反. 其狗不知而吠之, 楊布怒將擊之. 楊朱曰, 子毋擊也. 子亦猶是, 曩者使女狗白而往, 黑而來, 子豈能毋怪哉!

- 緇衣(치의) : 검은 옷.
- 吠(폐) : 개가 짖는 것.
- 女(여) : 그대. 汝(여)와 통하는 것.

＊사람은 외모의 변화에 따라 그 내용도 다르게 보기 쉬움을 얘기한 것이다.

4.

세 마리의 이가 돼지 피를 빨아 먹고 있다가 서로 다투었다. 한 마리의 이가 그곳을 지나다가 물었다.

「무엇을 다투고 있소?」

세 마리의 이가 대답하였다.

「살찌고 맛있는 곳 때문에 다투고 있소.」

「그대들은 겨울 납제(臘祭)가 와서 이 돼지가 띠풀로 구워질 것이 걱정이 되지 않소? 그대들은 또 무엇을 걱정하오?」

그제서야 세 마리의 이는 모여들어 다정하게 돼지의 몸을 뜯어 먹었다. 그리하여 돼지가 마르게 되자 사람은 그 돼지를 잡지 않았다.

三虱食彘相與訟, 一虱過之曰, 訟者奚說? 三虱曰, 爭肥饒之地. 一虱曰, 若亦不患臘之至, 而茅之燥耳? 若又奚患? 於是乃相與聚嘬其身而食之. 彘臞人乃弗殺.

- 虱(슬) : 이.
- 彘(체) : 돼지.
- 若(약) : 그대, 그대들.
- 臘(납) : 납제(臘祭). 12월 달에 여러 신들에게 지내는 제사.
- 茅(모) : 띠풀, 마른 띠풀.

- 燥(조) : 불로 굽는 것. 납제의 제물로 쓰기 위하여 돼지를 통째로 굽는 것임.
- 嘬(최) : 씹어 먹는 것.
- 臞(구) : 몸이 마르는 것.

* 세상엔 자기 이익만을 위하여 서로 다투다가 모두 망해버리는 일이 많다. 서로 사이좋게 조화를 이루면서 살아야만 모두가 탈 없이 잘 살 수 있다는 얘기이다.

5.

초(楚)나라 임금이 오(吳)나라를 치니, 오나라에선 저위(沮衛), 궐융(蹙融)으로 하여금 초나라 군사들에게 음식을 갖고 가서 먹이도록 하였다. 이때 초나라 장수가 말했다.

「그들을 묶어 죽여서 피를 내어 북에 발라라.」

그리고 두 사람에게 물었다.

「당신들은 여기 올 때 점을 쳐 봤소?」

그들이 대답하였다.

「점을 쳤소. 점은 길하였소.」

초나라 사람이 말하였다.

「지금 초나라 장수가 그대들의 피를 북에 바르려 하고 있으니 어찌된 일이오?」

「그러니 길하다는 거요. 오나라가 우리를 보낸 것은 본시 장군의 노여움의 정도를 보려는 것이었소. 장군이 노하여 있으면 오나라는 해자를 깊이 파고 보루를 높이 쌓을 것이오. 장군이 노하고 있지 않으면 대비가 해이(解弛)해질 것이오. 지금 장군이 우리를 죽인다면, 곧 오나라는 반드시 경계하고 수비할 것이오. 또한 나라의 점이란 한 사람의 신하를 위한 게 아니오. 한 사람의 신하를 죽여서 한 나라가 생존하게 된다는데 점이 길하다 하지 않으면 어찌 하겠소? 또한 죽은 자에게 지각이 없다면 우리의 피를 북에 바른다 하더라도 이익이 없을 것이오, 죽은 자에게 지각이 있다면 우리는 전쟁이 벌어졌을 적에 북이 소리나지 않도록 할 것이오.」

초나라 사람들은 그 말을 듣고서 죽이지 않았다.

荊王伐吳, 吳使沮衛蹷融犒於荊師. 荊將軍曰, 縛之殺以釁鼓. 問之曰, 汝來卜乎? 答曰, 卜. 卜吉. 荊人曰, 今荊將欲女釁鼓, 其何也? 答曰, 是故其所以吉也. 吳使人來也, 固視將軍怒. 將軍怒, 將深溝高

壘, 將軍不怒, 將懈怠. 今也將軍殺臣, 則吳必警守矣. 且國之卜, 非爲一臣卜. 夫殺一臣而存一國, 其不言吉何也? 且死者無知, 則以臣釁鼓無益也, 死者有知也, 臣將當戰之時, 臣使鼓不鳴. 荆人因不殺也.

- 沮衛(저위) : 鷩融(궐융)과 저위 두 사람 모두 확실한 생평은 알 수 없다. 「태평어람(太平御覽)」 338에선 「오나라가 저위를 시켜 초나라 군사들에게 벌레를 바쳤다.」고 하였다.
- 犒(호) : 군사들에게 음식을 먹이며 위로하는 것.
- 釁(흔) : 혈제(血祭), 제물로 동물을 죽여서 그 피를 종묘의 가마솥이나 종·북·점치는 거북·점가치·제기(祭器) 등에 바르는 의식.
- 溝(구) : 성 둘레에 적의 침입을 막기 위해 판 도랑. 해자.
- 壘(루) : 보루.
- 懈怠(해태) : 대비를 게을리하는 것.

*죽음에 직면해서도 몸가짐이 당당하면 죽음을 면하는 경우가 많다. 죽음이 앞에 닥쳐도 비굴하게 행동하지 말고 곧고 바르게 처신하라는 얘기이다.

24. 관행편觀行篇

「관행」이란, 임금이 자기의 행동을 돌이켜본다는 뜻. 이 편은 두 대목으로 엮은 짧은 편이다. 여기에는 그 앞 대목만을 번역하기로 한다. 뒤 대목에선 인간의 운명과 요순(堯舜)에 관한 얘기를 하고 있다. 사람의 운명이란 여러 사람들의 능력을 동원하면 타개(打開)해 나갈 수도 있는 것이라는 게 이 글의 요점이다. 실천가로서의 한비의 면모를 보여주는 내용이기는 하지만 운명이나 요순에 관한 얘기는 아무래도 「법가」 학설과는 거리가 먼듯한 이야기다.

1.

옛사람들은 사람의 눈이 자신을 보기엔 부족함으로 거울로서 자기 얼굴을 보았다. 사람의 지혜는 자신을 알기엔 부족함으로 도(道)로서 자기를 바로잡았다. 거울은 결점을 드러낸 죄가 없는 것이며, 도는 잘못을 밝힌 악함이 없는 것이다. 눈이 있다 해도 거울이 없다면 곧 수염과 눈썹을 가다듬을 수 없을 것이며, 몸이 있다 해도 도가 없다면 곧 미혹됨을 아는 수가 없을 것이다.

서문표(西門豹)란 사람은 자기 성미가 급하였음으로 다린 가죽을 차고서 그것으로 교훈을 삼아 스스로의 성질을 늦추었다. 동안우(董安于)란 사람은 자기 성질이 느렸으므로 팽팽한 활줄을 차고서 그것으로 교훈을 삼아 스스로의 성질을 급하게 하였다. 그러므로 자신의 여유가 있는 것으로서 부족함을 보충하고, 장점으로서 단점을 보강해 주는 것을 밝은 임금이라고 한다.

　古之人, 目短於自見, 故以鏡觀面. 智短於自知, 故以道正己. 鏡無見疵之罪, 道無明過之惡. 目失鏡則無以正鬚眉, 身失道則無以知迷惑. 西門豹之性急, 故佩韋以自緩. 董安于之心緩, 故佩弦以自急. 故以有餘補不足, 以長續短之謂明主.

- 疵(자) : 험집, 결점.
- 鬚眉(수미) : 수염과 눈썹.
- 西門豹(서문표) : 전국시대 위(魏)나라 사람. 문후(文侯) 때 업(鄴) 땅의 영(令)이 되어 미신을 몰아내고 관개사업(灌漑事業) 등을 하여 그 고을을 번영시켰다.
- 佩韋(패위) : 부드러운 대린 가죽을 차고 다니며 급한 성미를 그 가죽처럼 부드럽게 만들기에 힘쓴 것이다.
- 董安于(동안우) : 춘추시대 진(晉)나라 사람. 진나라를 위하여 스스로의 목숨을 끊은 의협심이 강한 사람이었다.

　*사람은 누구나 장점과 단점이 있다. 거울로 눈이 못 보는 자기 얼굴을 보듯 자기의 장점을 살려 단점이나 결점을 보충하면 누구나 훌륭한 통치자가 될 수 있다는 것이다.

25. 안위편安危篇

    이 편에선 나라를 편안하게 하는 일곱 가지 방법과 나라를 위태롭게 하는 여섯 가지 방법을 들어 설명하고 있다. 먼저 그 조목을 든 다음 뒤에 간단한 해설을 붙이고 있는데, 여기에는 나라를 편안히 하고 위태롭게 하는 방법의 첫 대목만을 들어 번역하기로 한다.

    이 편에서 옛 임금(先王)이나 요순(堯舜)의 얘기를 긍정적으로 하고 있어, 많은 학자들이 이 편은 한비가 직접 쓴 것이 아니라 비교적 후세에 씌어진 것이라 보고 있다.

나라를 편안히 하는 방법에는 일곱 가지가 있고, 나라를 위태롭게 하는 방법은 여섯 가지가 있다.

나라를 편안히 하는 방법이란, 첫째, 상과 벌을 옳고 그름에 따라 내리는 것, 둘째, 화(禍)와 복(福)이 사람들의 선하고 악함에 따라 주어지게 하는 것, 셋째, 죽고 사는 일이 법도에 따라 정해지는 것, 넷째, 신하들은 현명함과 못남만 따지고 좋아하고 싫어하는 것을 따지지 말 것, 다섯째, 신하들은 어리석음과 지혜 있음만을 따지고 비방과 칭찬을 따지지 말 것, 여섯째, 일정한 법도에 따라 나라를 다스리고 자기 생각대로 일을 처리하지 말 것, 일곱째, 신용 있는 일을 하고 속임수를 쓰지 말 것 등이다.

나라를 위태롭게 하는 방법이란, 첫째, 법도를 벗어나 백성들을 약탈하는 것, 둘째, 법령을 벗어나 백성들을 처벌하는 것, 셋째, 사람들에게 해를 끼침으로써 자기는 이익을 보는 것, 넷째, 사람들의 재난을 자기 즐거움으로 삼는 것, 다섯째, 사람들이 편히 지내는 것을 위태롭게 만드는 것, 여섯째, 좋아하는 사람하고만 친하게 지내고 싫어하는 사람은 멀리 하는 것 등이다. 이렇게 되면 사람들은 안락하게 살 근거를 잃고 죽음을 소중히 여길 근거를 잊게 된다. 사람들이 안락하게 살지 못하면, 곧 임금은 존귀하지 않게 된다. 죽음을 소중히 여기지 않으면 법령이 시행되지 않는다.

安術有七, 危道有六. 安術, 一曰賞罰隨是非, 二曰禍福隨善惡, 三曰死生隨法度, 四曰有賢不肖而無愛惡, 五曰有愚智而無非譽, 六曰有尺寸而無意度, 七曰有信而無詐.

危道, 一曰斲削於繩之內, 二曰斷割於法之外, 三曰利人之所害, 四曰樂人之所禍, 五曰危人於所安, 六曰所愛不親, 所惡不疏. 如此則人失其所以樂生, 而忘其所以重死. 人不樂生則人主不尊, 不重死則令不行也.

• 非譽(비예) : 다른 사람들의 비방과 칭찬.

- 尺寸(척촌) : 길이를 재는 단위처럼 일정한 법도.
- 意度(의도) : 자기 뜻대로 일을 처리하는 것.
- 斲削(착삭) : 백성들을 깎아내듯이 약탈하는 것.
- 繩(승) : 먹줄. 법도에 비유한 말.
- 斲割(착할) : 백성들을 처벌하는 것.

*나라를 안락하게 하는 방법이나 나라를 위태롭게 하는 방법을 막론하고 모두 상벌(賞罰)과 법도를 내세우고 있는 것은 이미 보아온 한비의 사상과 통하는 것이다.

26. 수도편守道篇

「수도」는 도를 지킨다는 뜻도 되지만 나라를 지키는 도란 뜻
도 된다. 그것은 앞부분에선 「도를 잘 지키는 신하」와 그에 관한
문제들을 논하고 있고, 뒷부분에선 「나라를 지키는 도」를 논하고
있기 때문이다. 여기엔 그 첫째 대목만을 번역키로 하겠다.

성왕(聖王)이 법을 세움에 있어서는, 그 상은 족히 선 (善)을 독려할 만하고 그 위엄은 족히 포악함을 이길 만 하고, 그 대비는 족히 법을 완전히 할 만하게 한다. 세상 을 다스리는 신하들 가운데 공이 많은 사람은 벼슬이 높 고, 능력을 다하는 사람은 상을 두터이 받으며, 인정을 다하는 사람은 명성이 드러난다. 선함이 생겨나는 것은 봄과 같이 되고 악함이 죽는 것은 가을과 같이 된다. 그 러므로 백성들은 독려를 받아 능력을 다하고 인정을 다 하기를 즐긴다. 이것은 일컬어 임금과 백성들이 서로 잘 어울린다고 하는 것이다.

　임금과 백성들이 서로 잘 어울림으로써 권력을 사용 하는 사람들로 하여금 스스로 법도를 잘 지키면서 낮은 자리에 있기에 힘쓰게 할 수 있다. 전사(戰士)들은 죽음을 무릅쓰고 나아가 맹분(孟賁)과 하육(夏育)처럼 되기를 바라게 된다. 도를 지키는 사람들은 모두 쇠나 돌 같은 마음을 지니고 오자서(伍子胥)와 같은 절조(節操)로서 죽게 된다. 권력을 사용하는 사람들은 낮은 자리에 있으려 하고 싸우는 사람들은 맹분과 하육처럼 용감해지고, 그들의 마음속이 쇠나 돌처럼 단단해진다면 곧 임금된 사람은 베개를 높이 베고 편히 지낼 수 있을 것이며, 이렇게 되면 도를 지키는 일은 이미 완성된 것이다.

聖王之立法也, 其賞足以勸善, 其威足以勝暴, 其備足以必完法. 治世之臣, 功多者位尊, 力極者賞厚, 情盡者名立. 善之生如春, 惡之死如秋. 故民勸極力, 而樂盡情, 此之謂上下相得. 上下相得, 故能使用力者自極於權衡, 而務至於任鄙. 戰士出死, 而願爲賁育. 守道者皆懷金石之心, 以死子胥之節. 用力者爲任鄙, 戰如賁育, 中爲金石, 則君人者高枕而守已完矣.

- 必完法(필완법) : 必자는 잘못 붙여진 것, 「법을 완전히 함」.
- 上下(상하) : 임금과 신하들, 임금과 백성.
- 權衡(권형) : 저울. 뜻이 변하여 표준이 되는 「법도」.
- 子胥(자서) : 伍子胥(오자서). 춘추시대 초(楚)나라 사람, 이름

은 원(員). 부형이 죽음을 당하자 오(吳)나라로 가서 오왕 합려(闔廬)를 도와 초나라를 쳐 부형의 원한을 풀었다. 다시 그의 아들 부차(夫差)를 도와 월왕(越王) 구천(句踐)을 쳤다. 뒤에 모함을 받아 오왕과 뜻이 어긋나 임금이 내린 칼로 자결하고 말았다.

• 賁育(분육) : 맹분(孟賁)과 하육(夏育). 두 사람 모두 용감하기로 이름난 사람들이다.

＊여기서도 상벌을 엄히 하고 법을 잘 지키면 백성들이 나라를 위하여 그들의 마음과 능력을 다하게 된다는 것이다. 이렇게 되면 나라는 부강해지고 임금은 안락해지는데, 이것이 바로 「도를 지키는 것」이라는 것이다.

27. 용인편用人篇

사람을 쓰는 방법을 논한 편. 이 편은 짧은 아홉 개의 대목으로 이루어져 있는데, 서로가 어느 정도 독립된 성격들을 띠고 있다. 여기엔 그 대표적인 것 두 대목을 골라 번역하기로 한다.

1.

들건대, 옛날 사람을 잘 쓰는 사람은 반드시 하늘을 쫓
고 사람을 따르면서 상과 벌을 분명히 하였다 한다. 하늘
을 쫓으면 노력은 적게 하고도 공을 세우게 되며, 사람을
따르면 형벌을 생략하여도 법령이 시행되며, 상과 벌을
밝히면 백이(伯夷) 같은 현명한 사람과 도척(盜跖) 같은 악
인이 뒤섞이지 않는다. 이렇게 되면 곧 희고 검은게 분명
해져서, 나라를 다스리는 신하들은 나라에 공을 세움으
로써 직위를 얻고, 관청에서 능력을 발휘함으로써 직분
을 받으며, 법도를 지킴에 능력을 다함으로써 일을 맡는
다.

신하들은 모두 그의 능력에 적합한 벼슬을 받아 그의
직분을 다하며 그가 맡은 일을 가벼이 처리한다. 마음에
능력을 남겨 두는 일이 없고 임금에게 벼슬을 겸하는 책

임을 지지 않는다. 그러므로 안으로는 원한 서린 내란이 없고, 밖으로는 조괄(趙括)과 같은 환난이 없게 된다. 명철한 임금은 일을 시킴에 있어 서로 관계되지 않게 함으로 말다툼이 없게 된다. 선비들로 하여금 벼슬을 겸하게 하지 않음으로 기술이 발달한다. 사람들로 하여금 같은 공로를 추구하지 않게 함으로 다투지 않게 된다. 다툼이 없어지고 기술의 발달이 뚜렷해짐으로, 곧 강한 사람과 약한 자가 힘을 겨루지 않게 되고, 숯과 얼음처럼 어울리지 않는 사람들이 한데 섞이지 않게 되어, 천하 사람들은 서로 해칠 수가 없게 된다. 이것이 다스림의 지극한 경지인 것이다.

聞古之善用人者, 必循天順人, 而明賞罰. 循天則用力寡而功立, 順人則刑罰省而令行, 明賞罰則伯夷盜跖不亂. 如此則白黑分矣. 治國之臣, 效功於國以履位, 見能於官以受職, 盡力於權衡以任事. 人臣皆宜其能, 勝其官, 輕其任, 而莫懷餘力於心, 莫負兼官之責於君. 故內無伏怨之亂, 外無馬服之患. 明君使事不相干, 故莫訟, 使士不兼官, 故技長, 使人不同功, 故莫爭訟. 爭訟止, 技長立, 則疆弱不觳力, 冰

炭不合形, 天下莫得相傷, 治之至也.

- 伯夷(백이) : 은(殷)나라 말년의 어진 신하.
- 盜跖(도척) : 옛날의 유명한 도적 이름.
- 履位(리위) : 벼슬자리에 앉는 것.
- 見能(현능) : 능력을 발휘하는 것.
- 馬服(마복) : 전국시대 조(趙)나라의 마복군(馬服君) 조사(趙奢)에게 괄(括)이란 아들이 있었다. 어려서부터 병법(兵法)을 좋아하고 공부하여 용병에 자부심을 지니고 있었다. 그러나 조사는 늘 「조나라 군대를 망칠 자는 반드시 괄일 것이다.」라고 말했다. 과연 뒤에 진(晉)나라와의 전쟁에서 괄은 화살에 맞아 죽고 조나라 군사 45만이 항복하여 생매장(生埋葬)을 당한다. 따라서 「마복지환(馬服之患)」이란 신하가 외국을 잘못 상대하여 나라를 망치게 하는 환난을 뜻한다.
- 觳力(각력) : 힘을 겨루는 것.
- 氷炭(빙탄) : 얼음과 숯. 얼음과 숯은 그 성격이 반대임으로 어울릴 수 없는 사람들을 비유하는 말로 흔히 쓰인다.

*사람을 잘 쓰는 사람은 「하늘을 쫓고 사람을 따랐다.」는 첫머리의 말은 그 뒤에 「상과 벌을 분명히 하였다.」는 말이 따르기는 하지만 도가(道家) 사상의 냄새를 짙게 풍겨 준다.

2.

법술(法術)을 버리고 마음대로 다스린다면 요(堯)임금도 한 나라를 바로잡을 수가 없다. 그림 쇠와 굽은 자를 버리고 자기 생각대로 함부로 한다면 명장(名匠) 해중(奚仲)도 한 개의 수레바퀴를 완성시킬 수 없다. 자를 버리고 길고 짧음을 마음대로 하며 명공(名工) 왕이(王爾)라 하더라도 한 가운데를 가르는 수가 없다.

평범한 임금이라 하더라도 법술을 지키게 하고 졸렬한 공장(工匠)이라 하더라도 그림 쇠와 굽은 자 및 자를 쓰게 한다면 곧 절대로 실패가 없을 것이다. 임금된 사람이 어질고 교모한 사람이라도 할 수 없는 방법을 버리고, 평범하고 졸렬한 사람이라도 절대로 실패하지 않는 방법을 지킬 수만 있다면, 곧 사람들은 능력을 다하게 되고 공로와 명성이 드러나게 될 것이다.

釋法術而任心治, 堯不能正一國. 去規矩而妄意度, 奚仲不能成一輪. 廢尺寸而差短長, 王爾不能半中. 使中主守法術, 拙匠執規矩尺寸, 則萬不失矣. 君人者能去賢巧之所不能, 守中拙之所萬不失, 則人力盡而功名立.

- 規矩(규구) : 「規」는 원을 그리는 그림 쇠, 「矩」는 직각을 그리는 데 쓰는 굽은 자.
- 奚仲(해중) : 옛날의 유명한 수레 잘 만드는 목수 이름.
- 王爾(왕이) : 옛날의 유명한 목수 이름.
- 中主(중주) : 평범한 임금.
- 萬(만) : 강조하는 말로서 「절대로」의 뜻.

＊법술이란 바로 나라를 다스리는 기준이 되는 것이다. 아무리 어진 임금이라 하더라도 법술을 무시하고는 나라를 잘 다스릴 수 없으며, 반대로 아무리 평범한 임금이라 하더라도 법술만 충실히 지킬 줄 알면 나라를 잘 다스릴 수 있다는 것이다.

28. 공명편功名篇

임금으로서 어떻게 하면 공명과 명성을 이룩할 수 있는가를 논한 편. 내용은 앞의 「용인편(用人篇)」과 상통하는 게 많은 짧은 것이다. 여기엔 그 총설적인 성격을 띤 첫 대목을 번역하기로 한다.

밝은 임금이 공로를 세우고 명성을 이룩하게 되는 근
거로 다음의 네 가지가 있다. 첫째는 하늘의 때(天時)요,
둘째는 인심(人心)이요, 셋째는 기술과 능력이오, 넷째는
권세와 지위다. 하늘의 때가 아니라면 비록 열 사람의 요
임금이라 하더라도 겨울에 한 이삭의 곡식도 자라게 할
수 없는 것이다. 인심을 거스리면 비록 맹분(孟賁)과 하육
(夏育) 같은 용사라 하더라도 그의 능력을 다할 수 없는
것이다. 그러므로 하늘의 때를 얻으면 곧 힘쓰지 않아도
스스로 자라나게 되며, 인심을 얻으면 곧 나아가지 않아
도 스스로 독려하게 된다. 기술과 능력을 사용하면 곧 서
두르지 않아도 스스로 빨리 되며, 권세와 지위가 있으면
곧 나서지 않더라도 명성이 이루어진다. 마치 물이 흐르
는 것과 같고 배가 물에 뜨는 것 같이 자연의 도를 지키
고 무궁한 법령을 시행해야 한다. 그러므로 밝은 임금이

라 부르는 것이다.

明君之所以立功成名者四, 一曰天時, 二曰人心,
三曰技能, 四曰勢位. 非天時, 雖十堯不能冬生一穗,
逆人心, 雖賁育不能盡人力. 故得天時則不務而自
生, 得人心則不趣而自勸. 因技能則不急而自疾, 得
勢位則不推進而名成. 若水之流, 若船之浮, 守自然
之道, 行毋窮之令, 故曰明主.

- 穗(수) : 곡식의 이삭.
- 賁育(분육) : 맹분(孟賁)과 하육(夏育). 모두 옛날의 용사(勇士)
  임.
- 毋窮(무궁) : 無窮(무궁). 끝이 없는 것.

*임금은 하늘의 때와 인심과 사람들의 기술과 능력과 권
세와 지위를 지니고 있어야만 공로를 세우고 명성을 이룩할
수 있다는 것이다. 「하늘」과 「사람」을 들고 있는 것은 앞 「용
인편(用人篇)」의 경우와 같다.

29. 대체편大體篇

「대체」란 본시 체구의 뜻인데, 여기서는 어떻게 하면 나라라는 큰 체구를 지탱해 나갈 수 있는가를 논한 것이다. 내용은 이 편역시 극히 짧지만 다른 어느 편보다도 도가(道家)의 색채가 짙은게 특색이라 할 것이다. 여기엔 그 전반 부분을 번역하기로 한다.

옛날에 나라란 체구를 온전히 지탱해 온 사람은, 하늘
과 땅을 바라보고 강과 바다를 살펴서, 산과 골짜기에 해
와 달이 비추고 사철이 운행되고 구름이 퍼지고 바람이
부는 것을 본땄다. 그래서 지혜로서 마음을 번거롭히지
않고 사사로움으로써 자기를 번거롭히지 않았다. 어지러
움을 다스림에는 법술을 의지하였고, 상과 벌을 내림에
는 옳고 그름에 기탁하였고, 가볍고 무거움은 저울을 따
라 판단하였다. 하늘의 이치를 거스리지 아니하고 사람
의 감정과 본성을 상하게 하지 않았다. 털을 불면서 작은
험집을 찾아내는 것 같은 짓은 하지 않았으며, 때를 닦고
알기 어려운 것을 살펴보는 것 같은 짓은 하지 않았다.
법의 규정 밖으로 끌어내지도 않고, 법의 규정 안으로 밀
어 넣지도 않았다. 법령에 벗어난다고 심하게 굴지 않고,
법령의 범위 안이라고 허술하게 두지도 않았다. 이미 이

룩되어 있는 원리를 지키고 자연을 따랐다. 환난과 복은 법도에 의하여 생기는 것이며 좋아하고 싫어하는 데 따라 생기는 것이 아니다. 영광되고 욕된 책임은 자기에게 돌렸으며 남에게 돌리지 않았다. 이렇게 하여 편안한 세상을 이루었었다.

古之全大體者, 望天地, 觀江海, 因山谷, 日月所照, 四時所行, 雲布風動. 不以智累心, 不以私累己. 寄治亂於法術, 託是非於賞罰, 属輕重於權衡. 不逆天理, 不傷情性, 不吹毛而求小疵, 不洗垢而察難知. 不引繩之外, 不推繩之內, 不急法之外, 不緩法之內. 守成理, 因自然. 禍福生乎道法, 而不出乎愛惡. 榮辱之責在乎己, 而不在乎人. 故致至安之世.

• 疵(자) : 험집, 잘못.
• 垢(구) : 때.
• 繩(승) : 먹줄. 뜻이 바뀌어 「기준」, 「법도」의 뜻.

*자연을 관찰하고 그 운행을 본뜬다든가, 하늘의 이치(天理)를 거스리지 않는다든가 자연을 따른다는 여러 가지 표현들은 모두 도가사상에서 온 것이라 볼 수 있다. 이편 후반에

도 도가적인 도(道)란 말과 함께 「대인(大人)은 몸을 하늘과 땅에 기탁한다.」는 등의 표현이 보인다. 한비는 자기의 「법」을 도가들이 받드는 「도」처럼 자연의 원리에 부합하는 자연스럽고도 당연한 것이라 해석한 것이다.

명문동양문고 ❷

한비자 韓非子 [上]

초판 1쇄 발행 2021년 3월 10일
초판 2쇄 발행 2023년 2월 15일

역저자 김학주
발행자 김동구
디자인 이명숙 · 양철민
발행처 명문당(1923. 10. 1 창립)
주   소 서울시 종로구 윤보선길 61(안국동)
        우체국 010579-01-000682
전   화 02)733-3039, 734-4798, 733-4748(영)
팩   스 02)734-9209
Homepage www.myungmundang.net
E-mail mmdbook1@hanmail.net
등   록 1977. 11. 19. 제1~148호

ISBN 979-11-90155-87-8 (03820)
10,000원